本书获广东第二师范学院出版资助

当代畅销小说悦读

看点

侯立兵◎著

山西出版传媒集团 北岳文艺出版社

· 太原 ·

图书在版编目（CIP）数据

看点：当代畅销小说悦读 / 侯立兵著. -- 太原：
北岳文艺出版社，2025. 5. -- ISBN 978-7-5378-7076-4

Ⅰ. I106.4-53

中国国家版本馆 CIP 数据核字第 20257EE049 号

KANDIAN: DANGDAI CHANGXIAO XIAOSHUO YUE DU

看点：当代畅销小说悦读

侯立兵　著

//

出品人
董利斌

选题策划
谢放

责任编辑
谢放

装帧设计
零五 书装设计
13243813401

印装监制
郭勇

出版发行：山西出版传媒集团·北岳文艺出版社

地址：山西省太原市并州南路 57 号　邮编：030012

电话：0351-5628696（发行部）　0351-5628688（总编室）

传真：0351-5628680

经销商：新华书店

印刷装订：山西万佳印业有限公司

成品尺寸：145 mm×210mm

字数：188 千字　印张：8.125

版次：2025 年 5 月第 1 版

印次：2025 年 5 月山西第 1 次印刷

书号：ISBN 978-7-5378-7076-4

定价：68.00 元

自　序

这本书是我十年"闲读"的意外收获。

我是做古代文学研究的，但对阅读当代小说一直保持兴趣。十年前，我发现有些大学生在读刘慈欣的《三体》，而我在大学时代只读过阿西莫夫、克拉克；很多青少年在读东野圭吾的推理小说，而我以前只读过爱伦·坡、柯南·道尔、阿加莎的。于是，我就开始跟着年轻人去阅读。作为一个中年大叔，我觉得不能一味地引导学生去阅读，也需要跟着学生去阅读，虚心向青少年学习，读其所读，乐其所乐，这样才能和他们拥有共同话题。

或许，闲读不闲？

就在十年前，我主动卸除了行政事务，多年的热闹与繁忙一下子归为平静了。虽然未曾驰骋沙场，竟然也有点解甲归田的轻松感。从此，除了站讲台就是宅在家里读书，既读本专业的书，也读"闲书"。两相比较，闲读更加令人愉悦。也许，无功利的阅读才是真正的"悦读"。十年时间，我大约读了两百多部当代长篇小说。"一窗昏晓送流年"，阅读可以让人静下心来触摸光阴的刻度。从某种意义上说，我得感谢张爱玲、莫言、陈忠实、刘慈欣、余华、东野圭吾等一众名家，是他们安静的陪伴，让我打发了许多寂寥的时光。

说实话，我以前并没想过到一些平台分享闲读体验。真正的读者，往往是孤独的。阅读长篇小说的人，更是孤独的，这种孤独不亚于写小说的人，因为两者都要耐得住寂寞。读大部头，犹如爬大山，很多人甚至才到山脚就想放弃了。没有坚定意念的人，很难读完一部长篇，尤其是在全民刷屏、碎片化阅读的时代。但与此同时，真正的读者，也是充实的，因为在阅读过程中他不停地与作家对话、与人物对话，甚至把自己阅读史上的作家、书中人物"召集"在一起开会、一起辩论。入戏很深的时候，他甚至自言自语，评头论足，俨然点将台上的主帅一般。当然，阅读之后，他也期待有人交流，只可惜知音总是难觅。起初，我也只是偶尔与几个同好在喝茶时聊，与一些学生在课后聊，都是小范围的闲谈。

2019 年春节，电影《流浪地球》票房大卖，这一年被誉为中国科幻电影元年。对我来讲，这年也是我分享小说阅读的元年。当年 6 月，广州购书中心负责阅读推广的同志找到我，原本是想邀请我为读者开设诗词系列讲座。在闲聊过程中，她意外得知我读过刘慈欣的作品，在听我聊了一些阅读感受之后，她的眼睛发亮，当即决定将诗词讲座延后，让我先讲刘慈欣的《三体》。2020 年 3 月，羊城学堂邀请我讲"东野圭吾推理小说解码"，由广州图书馆与南方都市报联合承办。当时正值疫情防控初期，这场讲座成为羊城学堂首场线上直播，当天在线收看的人数达三十多万，反响之好超出意料。从广州图书馆、广州购书中心这两个文化地标出发，最近几年，我应邀为一些平台、学校、文化机构做了五十多场小说阅读的讲座。

本书除最后附录的是一篇关于莫言小说的论文之外，其余内容均源自上述阅读分享的讲稿。其中由讲座录音整理的文稿一般会在文末注明，未特别注明者均来自本人在简知平台说书的底稿。因为要符合讲座和平台的现场氛围，文稿总体上是比较口语化、通俗化的。在此感谢简知平台、羊城学堂、"开卷广州"讲座、南国书香节、广州图书馆、广州购书中心、湖南图书馆和一些高校、中学为我提供了阅读分享的平台。本书出版得到广东第二师范学院中华优秀传统文化教育研究基地、传统文化科研创新团队的资助，在此并致谢忱。

2020年元月，本人讲解张爱玲小说的音频在简知上线，当时写了一首绝句记录心情，现在稍改题目借来作为本序的结尾。

新书付梓有作

寒灯长夜忘劳形，重读闲书眼倍青。
余事当年几曾料，而今分与大家听。

侯玉臣

2024 年 4 月 17 日于羊城北郊

目　录

231　第七辑　读莫言

第一辑

· · · · · ·

读 **陈忠实**

《白鹿原》：
八百里秦川上的人文史诗

主持人梁江南：

　　各位亲爱的读者，欢迎来到广州购书中心，来到"开卷广州"。"开卷广州"系列阅读活动创办于 2016 年，是广州市社科联主办的全民阅读平台。今天，我们邀请到了著名文化学者侯立兵教授来为大家解读获得茅盾文学奖的长篇小说《白鹿原》。侯教授是"开卷广州"的老朋友了，仅就我个人而言，已经是第四次主持侯教授的讲座了。

　　《白鹿原》以关中白鹿原为舞台，以白、鹿两大家族及其两代成员的生活情感经历和恩怨故事为主线，全方位呈现了关中平原从清末民初到新中国成立这一时期的社会历史变迁过程。如何看待《白鹿原》的艺术特色、文学价值？让我们用最热烈的掌声有请侯教授开讲！

　　欢迎大家来到"开卷广州"，感谢广州市社科联的邀请。非常高兴能够在羊城初冬的夜晚与大家相逢，一起聊小说。说是初冬，但广州人还在穿短袖，这是一个温暖的冬夜。今天，不管是读过原著的，还是没读过的，又或只是看过电影、电视剧的，甚至只是听说过这本书的，都可以进行交流，因为此刻的相聚只为阅读而来。即便您暂时还没来得及细读，我希望通过本次分享能引起您继续阅读原著的兴趣。

一、关于作者

首先介绍一下作者陈忠实。他是陕西人，地地道道的陕西人。从公开的报道来看，他一生当中绝大部分时间都在陕西，他也非常热爱那片土地。我也是半个陕西人，我的硕士、博士都是在西安读的，也会说一点西安话，所以读《白鹿原》有种自然的亲切感。陈忠实 1942 年出生在西安市灞桥区，2016 年去世。灞桥在中国历史上很有名，唐宋诗词经常会提到"灞桥折柳""灞桥送别"，这里就是《白鹿原》的创作原型地。

说实话，我觉得陈忠实在当代文坛上属于大器晚成的那种，他在相当长一段时间里都默默无闻。民国才女张爱玲说"出名要趁早"，陈忠实却书写了另一种成名之路，叫作"成名莫怕晚"。大约到了 20 世纪 90 年代初，我读本科的时候，他才开始有了点声名鹊起的味道。为什么？因为此前他的作品比较少，只出过几本短篇小说、中篇小说集。《白鹿原》就是他唯一的长篇小说。这部小说一出世就奠定了他在中国当代文坛上的地位。90 年代，文学界有一个说法叫作"陕军东征"，其中的"陕军"就包括了路遥、贾平凹、高建群等作家，而陈忠实就是文学陕军的领军人物之一——不鸣则已，一鸣惊人——《白鹿原》可谓"一锤定音"。陈忠实写这部作品前后用了很多年，他有一种精品意识，一辈子只写一部长篇小说，这在中国当代走红的作家里面是罕见的。

二、小说的内容

《白鹿原》是一部家族叙事小说，书写了两大家族的恩怨纠葛。白鹿原是个地名，在西安东郊，在灞河、浐河之间，是秦岭山脉向北延伸形成的一个土原。很久以前，原上一姓分两支，一支姓白，一支姓鹿，由此合起来叫作"白鹿"原。"白鹿"在小说中被描写成一种神奇意象。它有何寓意？它高洁、神圣，象征着希望，犹如乱世黑暗中的一缕亮光。

小说的时代背景设定在从晚清到解放战争时期。作者选取白鹿村这个传统宗族村落作为叙事基点，描绘了动荡历史背景下白、鹿两家几代人的生命图景，具有史诗般的厚重感。白鹿两家的代表人物是白嘉轩和鹿子霖。白嘉轩是一个深受中国传统儒家思想影响的家族族长，是民间治理的核心，更是费孝通先生在《乡土中国》中提出的"差序格局"的核心。他品行端正、办事公道，作为族长，他的威望是非常高的。与白嘉轩相对照，鹿子霖算是反派，这个角色很复杂，书中刻画得非常好——我个人甚至觉得这个反派角色比正派刻画得更好。鹿子霖一心想取代白嘉轩在当地和宗族中的地位，但他比较狡诈，爱耍手段，一般不会明着来，而是采用各种阴谋诡计来削弱白家的影响，抹黑白家的声誉。其他的主要人物还有：白嘉轩的长工鹿三，鹿三的儿子黑娃（鹿兆谦），黑娃的老婆田小娥，白嘉轩的儿女白孝文、白孝武、白灵，鹿子霖的儿子鹿兆鹏、鹿兆海，以及最后的关中大儒、白嘉轩的姐夫朱先生等等。书中很多人物的身份一直在转变，白孝文从族长到乞丐，再到反革命、阴谋家，一步步走向堕落；兆鹏、兆海在面对革命道路时有不同选择，在面对白灵的感情时又陷入纠葛；黑娃从长工成长为农运骨干，先参军，后加入土匪，再后成为保安团营长，最后成为朱先生"最好的弟子"、起义策动者、人民政权的副县长，完成了人生的蜕变；田小娥从郭举人的小妾到私奔者，再到勾引者、惨死者，以悲剧谢幕。书中的每个人物都栩栩如生，都有鲜明的"人物弧光"。

《白鹿原》就是一个缩影，折射出中国社会从晚清到新中国成立这一时代大变局，同时又聚焦普通人的坎坷、颠簸、艰难的命运。用小说中的话来讲，就是在动荡的年代，张军阀来了，你要听张军阀的；李军阀来了，你要听李军阀的。他们像走马灯似的，轮流压榨，轮流盘剥，都要逼你纳粮。小说中的人物朱先生有一句话：老百姓的命运，就像鏊子上的烙饼。"鏊子"是什么东西？就是北方人经常用的一种圆形的中间略微鼓起的锅。鏊下面架火，将面糊放在上面烤，一面烤得差不多了，再翻过来烤另一面，翻来覆去，反复地被煎烤。

三、分享阅读体验

下面来谈我对这部小说的阅读体验，总体感觉是凝重、浑厚，具有全景性和史诗性。应该说，陈忠实的这部小说语言质朴，文辞并不是很华丽，但写得特别厚实，有点像西北人的粗犷性格。他的文字是耐读的，要慢慢地去品读。只要你放慢节奏，沉浸式地去读，就一定能感觉到它叙事的厚重、思想的深刻和内涵的丰富。

（一）结构特征：缩影与放射

《白鹿原》的结构特征，可以概括为一对反义词：缩影与放射。通过家族叙事来展现民族史诗，通过地域文化和地方叙事来反映中国历史，这就是缩影和放射的关系。其实，白鹿原是当时中国的一个标本，你阅读标本，就等于"解剖麻雀"，就能联想到大的族群，再从一个家族想到中华民族。这就是把家族的命运和当时的国运联系了起来。

《白鹿原》有两条主要线索，一条线索就是白鹿原上的白家、鹿家两家的纠葛演变，另外一条线索就是大时代的变迁。内外两条线索交织并行。具体怎么表现？通过不同的地方政权、不同的军阀给这个地方带来的影响——主要就是盘剥——来表现。盘剥的主要方式就是征收粮食。交粮的对象变了，地方上管事的人变了，意味着政权已经发生了更迭。还有一点，怎么来展现时代？就是通过白、鹿两大家族走出去的人来展现。通过他们传递回来的消息，让人感知国运的变化。这两个家族世世代代生活在这个地方，他们各有家庭的叛逆者。白家是白灵，她到西安去读书，接受了新文化，最后参加了共产党；鹿子霖很狡诈，但他的两个儿子兆鹏、兆海都走上了革命的道路。兆鹏是大儿子，很有文化，曾在当地小学当校长，他坚决反对封建宗法制度，最后也加入共产党；小儿子兆海则加入国民党，最后在抗战中为国捐躯。这些从白鹿原走出去的人物，具有于阔的视野，也给一直封闭的白鹿原引入了新的信息，引入了新的搅动力量，促动着传统的变革。

再来谈谈小说结构中的伏笔艺术。《白鹿原》善于通过一些细节描写设置伏笔，读者在阅读过程中要留意那些看似漫不经心的细节描写，这就像看柯南·道尔、阿加莎和东野圭吾的推理小说一样，阅读过程中要打起精神关注细节。举一个例子：罂粟！年轻时的白嘉轩从岳父手中获得价值不菲的罂粟种子，于是他便开始细心种植、精心照料罂粟，白家的家境因此得以好转——因白嘉轩频繁娶妻而造成的家业颓势也得以从根本上扭转。有此"范本"，白鹿原的平原与河川就遍植罂粟了。小说引用了斯诺《西行漫记》中关于罂粟的看法，这也为后文朱先生禁烟的义举埋下了伏笔。其实，这也是中国古典小说的写作方法：草蛇灰线。青草地上如果有蛇溜过，往往会留下浅浅的痕迹；将一根线拖过草灰，线不见了，可灰上必定留有痕迹。小说叙述中的很多细节看似闲笔，其实"闲笔不闲"。《白鹿原》中的伏笔很多，值得读者留意。

（二）情节冲突设置

小说怎么来设计冲突，让故事更加好看呢？一个方法就是让人物之间充满矛盾，让人物个体充满复杂性。譬如，白嘉轩和鹿子霖就是有意对照设计的人物。北岛说"卑鄙是卑鄙者的通行证，高尚是高尚者的墓志铭"，这两个人物刚好印证了这句话。"卑鄙是卑鄙者的通行证"，这句话用以描绘鹿子霖最为合适。在时代的每一个变动当中，他都能够获得当局者的重视，都能够讨巧，都能够得利。相比而言，白嘉轩却始终坚守他的道义、厚道，不改变自己的正直秉性，从他身上体现出了"富贵不能淫""威武不能屈"的忠义品格。我们来看白嘉轩与黑娃的关系。一方面，黑娃的反叛带有一定的阶级必然性；另一方面，黑娃反叛的关键原因就是持有族权的白嘉轩拒绝让他与田小娥进祠堂,这使得两人的婚姻始终得不到大众的认可,这就埋下了仇恨的种子。白嘉轩平常是一个顶天立地的男人,是白鹿原上腰杆最直的男人,但他的腰后来却被黑娃打断了。其实,这是一个很有象征意味的桥段。作者故意让白鹿原上最直的腰杆被打断,这在情节设计上就是故意相犯、故意抵牾。应该看到,小说创作上的这种冲突设置其实是有深刻寓意的,它象征着以宗法为基础的传统秩序正在遭受挑战,正在一步步走向崩塌。

(三)人物塑造艺术

就单个人物来讲,小说一方面有意让某些人物呈现出丰富性、复杂性,譬如鹿子霖的两面三刀;另一方面也会着力刻画某些人物性格变化的过程,譬如白孝文的堕落、黑娃的成长。就人物群体来讲,小说会有意设计人物对照,譬如将白嘉轩与鹿子霖对照着描写。尤其值得注意的是,小说为白家、鹿家都设置了叛逆者。如此设计人物,其实是别具匠心,也可以说是"别有用心"。鹿子霖本是一个狡诈、卑鄙的小人,偏偏生了两个了不起的儿子。虽然两个儿子加入的党派不同,但都是正面人物。两个儿子分别加入不同的党派,其实也折射出当时的历史,这就把整个国家的形势、整个民族的命运投射、聚焦到一个家庭当中。在人物设计上,故意让人物之间,甚至家庭内部相犯、相冲突,发生抵牾,发生矛盾,就是要让你觉得不和谐,这样才有戏剧冲突,才能更好地塑造人物。白嘉轩、白孝文父子形象的设计也是按这个思路来的,老子非常传统、正直,偏偏他的儿子从宗族楷模堕落成龌龊不堪的反派,这就形成一种巨大的反差,造成互相抵牾、个性冲突,从而增加叙事的动能。

不难看出，这部小说其实从中国古典小说中吸收了很多结构设计和人物刻画的智慧。就人物塑造艺术而言，中国古典小说中有的人物出场就定型，譬如《三国演义》里面的人物刘、关、张及曹操、诸葛亮一出场性格就基本定型了，就像画了京剧脸谱一样，从头到尾性格没有什么变化。白鹿原中的白嘉轩就属于出场定型者，他的性格自始至终不变，代表着某种群体性格。但还有一些人物的性格在故事情节的演进当中不断发展嬗变，譬如白孝文的个性就随着际遇的变化而变化。

四、结语

细读《白鹿原》的文本，探究它的创作缘起，体会其中的文学思想，我们会发现陈忠实的创作过程体现了一种跨越：从生活体验到生命体验的跨越。什么叫生活体验？什么叫生命体验？用陈忠实自己的话说，"这就好比从虫子进化到蛾子，或者蜕变成美丽的蝴蝶一样。在幼虫生长阶段、青虫生长阶段，似乎相当于作家的生活体验，虽然它也有很大的生动性，但它一旦化蝶了，它就进入了生命体验的境界，它就在精神上进入了一种自由状态。这个'化'的过程就是从生活体验进入到生命体验的一个质的过程。这里面更多地带有作家的思想和精神的色彩"。陈忠实还非常喜欢《文心雕龙》里的一句话"既随物以宛转……亦与心而徘徊"，他经常将此语题赠给朋友。其实这句话正好描写了生活体验和生命体验的两种形态。阅读《白鹿原》，亲近文学，是一种非常美好的生活体验；通过不断地阅读和思考，"奇文共欣赏，疑义相与析"，我们就能获得智慧，获得一种非常自在、非常智慧的生命体验。

互动环节

问：我来自西安，现在也算一个新广州人。我每年冬天都会到这边来探亲度假，因为孩子在这边工作。今天，我的心情特别复杂，心里也特别兴奋，首先是因为在千里之外听到了八百里秦川的故事，听到了关于《白鹿原》的讲座；其次是很好奇，南方的读者如何理解关中文化。侯教授对《白鹿原》的解读非常到位，评价它是国家命运、民族文化的一个缩影，把它提到了非常高的高度。《白鹿原》是一个大部头，特别是在快节奏的时下，能沉下心看完它真的是一种奢侈。我猜大约很多人和我一样，只看过改编的电影，看过电视剧，但没有读过原著。请问，采用不同表现形式演绎的作品是不是有一些差异？原著里的哪些东西是不能被其他的艺术形式所再现的？

答：这个问题特别好。小说和电影的差别在哪里？这是《白鹿原》原著和影视改编的个性问题，也是共性问题。我首先得承认，电视剧我没有认真看过，但是电影我是看过的，小说原著我看过两遍。你们猜我为什么不看电视剧？因为电视剧容易"注水"。电视剧容易"注水"，电影容易"缩水"。电影"缩水"在哪些地方？限于电影的时长，编剧必须要对原著进行剪裁。来看电影版是如何改编的。第一，省略了一些重要人物。譬如，鹿子霖有两个儿子，电影里面就只表现了一个儿子——鹿兆鹏；白嘉轩的儿女就只出场了白孝文，另一个非常重要的角色白灵给省略了。这就好像一棵大树，把它的枝丫剪了，只剩主干了。文本的丰富性、人物的多样性肯定会受到一些影响。第二，将时代长度压缩。小说追溯了白嘉轩、鹿子霖的祖先，电影里面就却没有涉及；电影只演到抗战时期，解放战争时期的故事省略掉了。除此外还有一个变化，就是电影剔除了小说中的一种宿命论的神话色彩和魔幻味道。比如说多次出现的"白鹿"，它有什么寓意？其实，陈忠实想用它解释命运，也点亮希望，以此象征有某种神秘力量在召唤这个族群——虽然历经风雨，却依然不断前行，走向崇高。

问：鹿子霖和他两个儿子的性格几乎截然相反，我很好奇鹿子霖这样的父亲怎么能言传身教出这样的两个儿子？

答：这个问题很有意思。你的疑问就是，一个特别狡诈的父亲怎么会生出两个特别正派的儿子，对吧？好，我告诉你，从普遍的人性来讲，即便是一个最坏的父亲，他也不希望自己的儿子做一个坏人。这是第一点。（现场长时间鼓掌）大家想想，这是不是人伦之中的最基本的人性？所以，鹿子霖的坏是比较隐蔽的，有时候也是为形势所逼，为环境所迫。为什么这么说？为了生活，他甘愿做墙头草；为了功利和生存的目的，他迫不得已变成了一个狡诈的人。第二，一个再坏的父亲，也不会主动去教坏自己的儿子。当然，他的言传身教肯定会有一些不利的影响，但是这两个儿子的成长还有一个社会的大环境，家庭并非唯一的教育场所。白鹿原是一个充满了正气的地方，这里的老百姓非常淳朴，乡邻、乡亲都非常正直，都深受儒家文化影响，所以他们生长的大环境是好的；而促使他们走上与父亲不同道路的原因，在于时代环境，也就是整个国家的历史环境。譬如，晚晴时人们对帝制的反抗，民国时共产党人带领人民搞农民运动，引导人民争取自由。这些变革在当时对他们有很大影响。鹿子霖把兆鹏、兆海送到西安城读"洋书"，他们很自然地受到了正能量的吸引。

还有最重要的一点，从情节设置来看，如果不让他们与父亲不同，这部小说就不好看了。作者故意要让这两个儿子与他们的父亲形成反差，如果都跟父亲走同样的路，小说的情节就单一了，冲突就少了，故事性也就不强了。

问：很多乡土题材长篇小说，都采用了百年家族史或村庄史的书写模式。这方面的成功代表是陈忠实的《白鹿原》。也许是《白鹿原》大获成功的原因，此后有不少人开始步其后尘，展开百年家族史的书写，但却少见有新意者。似乎很多作家形成这样一个共识：长篇小说所涉及的时间要足够长，否则就无法写出史诗性。请问您对此有什么评论？《白鹿原》树立起的这种"史诗范式"对"百年家族史"类型的长篇小说创作产生了什么影响？

答：说到家族叙事，这其实是中国传统小说的一个特色；因为中国是一个文明古国，农耕文明长期占据主导，儒家文化影响深远，中国人讲究亲情，讲究伦理，讲究家庭观念。我们今天在广州开讲，这里的现代化、城市化走在全国前列，但这个地方却非常重视传统、重视亲情。广东的祠堂文化保护和传承得非常好，这点曾让我感到惊讶。我是湖南人，在我青少年时期生活的地方很少能见到祠堂，但是在广州，祠堂几乎到处都能见到；就连猎德村如此繁华的地方，尽管经过了沧海桑田式的变化，但它的祠堂依然保留。这是非常了不起的。由此而显现出的那种根深蒂固的东西就是中国的传统家族文化，所以家族叙事是有文化基础的，是有基因传承的。

我想，在一个以移民为主的国度，它的家族叙事小说肯定会少很多，对不对？美国的历史非常短，它也有家族叙事小说，但相对来说就会比较少，反而是一些关于西部牛仔的叙事有很多——主人公到处闯荡、征服，马上打天下。这也是美国西部电影的常见情节，对吧？中国古代从《金瓶梅》《红楼梦》开始，就是典型的家族叙事，一直到老舍的《四世同堂》、巴金的"激流三部曲"都是家族叙事。

但我们这种家族叙事的模式恐怕会很难继续下去。为什么？一是因为前面的高峰太多了，几乎穷尽了所有的家族叙事的可能性。二是因为家庭规模的缩小化、原子化。从改革开放到现在，城市化率呈几何倍数增加，人们对白鹿原那种乡土社会，那种乡党乡亲文化已经淡漠了很多。试想，如果让一位长期生活在城市里的作家去写传统农业社会背景下的家族叙事，恐怕只有两种可能：一种就是编造，因为他没有自己的亲身感受；另一种就是回忆。陈忠实为什么写得好？就是因为他在那个地方扎根了很久。所以，随着时代的变迁，家族叙事这种小说的创作会面临着更大考验。但是，也大可不必悲观，一代有一代之文学——现在，城市文学又在兴起。时代呼唤经典作品，不求多而求精，不求快而求慢，慢工出细活。现在，高产的作家不少，但是有一个值得人深思的问题：留下的经典却为何不多呢？当今的小说创作界需要一种耐心。在日渐功利化的时代，作家要耐得住寂寞。要成就厚重、经典的作品，必须要耐得住寂寞。现在社会太热闹了，太热闹了反而很难出精品。我们要呼唤精品意识，要讲好中国故事。

问：白鹿宗族的父子关系在《白鹿原》中很引人注目，可谓贯穿小说始终。但儿女们的成长变化大都出人意料，几乎没有一个是按照父辈的指导和规划走的。您觉得"父的羁绊"与"子的叛离"是什么关系？这对人物塑造和文学价值提升有什么作用？

答：小说当中的父子往往冲突、抵牾得多——孩子总是叛逆的多。这也是文学作品中的一种常见叙事范式，因为这样写小说才好看。一般来说，小说不会让父子之间或者家庭成员之间非常和睦，总会有内部的反抗者，因为堡垒最容易从中间突破，这样情节才有吸引力。这点很关键。但是，我在这里要郑重地提醒大家，对于现实生活当中的父子关系，我更强调更希望看到一种和谐的父子关系，和谐的长辈跟晚辈的关系。（现场掌声）今天在座的有很多年轻朋友，请记住，你的父母亲是最爱你的人，他们给你建议和引导的出发点都是关心你；所以总体来说，听父母的话没错。但不能否认的是，父母也有局限性，而你的心性也不能够被过度限制，这两者之间你要好好地去权衡。

还有一点，就是小说当中的那种社会环境与现在也不一样。小说描写的年代是中国社会极端动荡的年代，那个时候的个人命运、家庭命运、民族命运都处于不安定之中、不可预测之中，所以父辈跟子辈之间的矛盾是在特定社会环境下形成的。所以说，在传统秩序与时代主题的冲突中，"父的羁绊"与"子的叛离"是必然的。比如《家》《春》《秋》里面后辈对高老太爷的反叛，那是五四新文化思想发展的结果，是一种正能量的反叛，反叛的目的是要打破封建传统对自由、对婚姻的束缚，这种反叛是可以理解的。而今天的中国社会正处于和平稳定、繁荣发展之中，与陈忠实、巴金小说中的社会背景已经全然不同了。

如果我们把白鹿原比为一个圆，借用费孝通的"差序格局"理论，"仁义白鹿村"的"仁义"二字以及象征着仁义的白嘉轩、祠堂和宗法关系就是圆心，而其周围的人和事都像围绕圆心的涟漪，圆心一震荡，涟漪便一圈圈荡漾开去。《白鹿原》故事刚开始的时候，这个圆心很稳定，整个圆和谐、完美，人们世世代代耕读传家；但清廷覆亡了，西安城也"反了正了"，白鹿原里也出现了第二个权力圆心。以前是皇权不下县，现在是有了一个新的国民政府和"乡约"，白鹿原从有着一个圆心的圆变成有着两个圆心的椭圆了。1921年，伟大的中国共产党成立了，白鹿原上也有了党小组和农会，有了"风搅雪"一样的农民运动，这就出现了第三个圆心。经过无数个回合的较量之后，白鹿原最终回归到一个圆心的世界——我们的新中国成立了，白鹿原又走向了稳定的阶段，中国社会进入了长治久安的新时代。

问：小说中的重要人物田小娥的命运非常悲惨，其人物形象也非常复杂，可以说陈忠实在她身上着墨最多。小说中她的生命状态多变，先是从怨妇到"祸水"；在被鹿三一梭镖杀死、曝尸破窑后，她成了妖气十足的"绿头红头苍蝇"；等白孝文来祭奠的时候，"一只雪白的蛾子在翩翩飞动"；最后被白嘉轩镇压到六棱塔基底时她又幻化成"许多彩色的蝴蝶，纯白的纯黄的纯黑的以及白翅黑斑的"。您觉得作家为什么会设置一个从苍蝇、白蛾到蝴蝶的非常魔幻的变动路径？

答：其实这主要是为了增加文本的神幻色彩。在传统的眼光中，田小娥是一个淫妇，但是陈忠实其实对她寄予了深切的同情。这个人物在小说中是当之无愧的女一号。这个角色的具体作用是，她是各条线索的交汇点、情节发展的枢纽。如果没有田小娥，整个白鹿原就会平静很多。白鹿原本来具有超稳定的社会结构，似一潭死水，能搅起风浪的当然得是外来力量。田小娥这个外来者，就是最先激起涟漪的一块石子。她和黑娃的私奔最先给白鹿原注入了变化的因子。田小娥是让故事起变化的"小环境"，开启了蝴蝶效应，进而引发一种海啸般的反叛力量。她死后的生命状态一变再变，但都在延续"反叛"这条主线。变成"苍蝇"源于她本能的怨恨，意图对村民展开报复；变成"白蛾"寓意她本性的回归和内心的释怀；变成"蝴蝶"从白塔下飞出，反映的是一种勃发的、反抗封建礼教的、追求自由美好新秩序的生命力。这一系列的幻化正说明她主体意识的觉醒和升华。白嘉轩虽然命村民扑杀这些彩蝶，但事实上，他永远也扑灭不了留在村民心中的那美丽蝶影——这也是作者在表达一种关于生命自主的全人类主题。

（2023年11月12日，"开卷广州"讲座。由广州购书中心书评人梁江南根据录音整理）

第二辑

· · · · · ·

读 **刘慈欣**

刘慈欣科幻短篇小说导读

主持人杨长军：

　　各位家长、老师、同学和阅读爱好者，大家晚上好！我是广州大学附属中学（简称"广大附中"）图书馆的馆长杨长军。最近几年，刘慈欣的科幻小说颇受青少年读者的追崇。去年，我们曾邀请侯立兵教授到广大附中集团下属的几所学校给同学们讲"刘慈欣《三体》透视"，在广大同学中引起热烈反响，各个校园也掀起了阅读科幻的热潮。今天，我们有幸再次邀请到侯教授为大家作线上"刘慈欣科幻短篇小说导读"讲座。

　　大家晚上好！很高兴能有机会通过直播平台就科幻小说阅读方面的话题和大家进行交流。以前我曾在不同场合讲过刘慈欣的长篇小说《三体》，今天要聊的话题是他的科幻短篇小说，我将从四个方面进行分享。

一、刘慈欣科幻短篇与长篇的关系

　　刘慈欣的科幻小说这些年在市场上非常畅销。大概从2015年开始，尤其是从《三体》获得了雨果奖之后，刘慈欣在中国乃至全世界都声名鹊起。我去年上半年曾专门到广州附中做过一场关于他的长篇小说《三体》的讲座，有些同学可能听过。今天，我着重要讲的是刘慈欣的短篇小说。

由于刘慈欣的《三体》特别有名，估计很多老师、家长和同学都听说过、看过这本书。当然，大家最熟悉的恐怕是《流浪地球》，这是一个短篇，被拍成了电影，去年春节档热映。其实除《流浪地球》之外，刘慈欣还创作过非常多的优秀短篇科幻小说。他的短篇和他的长篇是一个什么关系呢？关系很特别！他前期的很多短篇小说，实际上成了他后来长篇小说《三体》的一个前奏、一个基点。他在《三体》中阐述的一些关于宇宙的看法，大都在他前期的短篇小说中有所体现。在这里，我向大家推荐一本书，他的短篇小说集，叫作《时间移民》。这部短篇科幻小说集，除了收录有《时间移民》外，还收录有《坍缩》《朝闻道》《微纪元》等等。其实，这些短篇展现了他对于宇宙的一些基本认识，而这些认识构成后来他写长篇《三体》的基本理念与逻辑架构。

二、微观与宏观的相对论

在刘慈欣的宇宙观中一直存在一个关键认识，那就是微观与宏观是可以相互转化的。微观到了一定的极限就可能会转变成宏观，反之亦然。《时间移民》的第一个短篇就叫作《坍缩》。根据霍金等科学家的宇宙大爆炸理论，宇宙起源于奇点爆炸，到目前为止还在膨胀之中。宇宙膨胀到了一定极限以后会不会继续膨胀？根据霍金的天体物理学，宇宙将会反其道而行之，开始坍缩，持续坍缩直至回到奇点的状态。这就是从微观到宏观，从宏观又回到微观，坍缩与膨胀是一个相互转化的过程。这种相对论，在刘慈欣的小说当中体现得非常多。

《微纪元》这个短篇也特别有意思。故事的背景设定是：由于战争破坏、环境恶化等原因，地球已经不再适合人类生存。人类需要另外去寻找合适的生存之地，于是就将宇宙飞船派往外太空。被派出的宇宙飞船几乎都是有去无回，到最后只有一个人驾飞船回来了。返回地球之后的他发现一个奇怪现象，原来的人类已经没有了！取而代之的是另一种形状的人类。一种什么样的人类呢？缩小的人类。小到什么程度呢？小到纳米级。缩小到极限的这些人类是如何生存下来的呢？虽然地球的环境恶化了，资源枯竭了，但是这些微小的人类因为所需资源非常非常少，所以生存了下来。举例来说：一滴水对于这些人来说，就相当于一片海洋、一条河流，所以他们根本就不用为资源的缺乏而发愁。这是人类得以存续的方式，也是刘慈欣为人类摆脱地球环境危机、资源危机想出的另一条出路。在人类未来出路这个命题上，很多人都会想到要向外太空拓展。例如美国的科幻作品，一般来说，当地球出现了危机以后总会想到去外太空寻找另外一个星球，另外一个跟地球环境差不多的宜居星球，然后移民。刘慈欣的思路却与此不同，他想到的不是星际移民，而是就在地球上解决人类的生存问题——换一种方式，换一种微观的生存方式，将人类缩小，缩小到比蚂蚁还小无数倍，那么人类所需要的资源也就非常少了。

那么，最后生存下来的这种人类所需的资源少到什么程度？

《微纪元》写有这样一个具体而神奇的细节：微纪元的人对从外太空归来的这名宇航员说，你请我们吃顿饭，好吗？宇航员说可以，然后就把存在宇宙飞船里的一个肉罐头打开，并切了一块下来。这一块可能还没有我们正常人类小拇指大的肉丁，却让微纪元的人惊叹道：哇！你太奢侈了，太浪费了，我们吃不完。为什么呢？对于微纪元的人来说，这颗肉丁就像一座巨大的山，他们成群结队地从肉山的下面往上爬，就好像攀爬万丈峭壁。一颗小小的肉丁居然能让"成万上亿"的人同时吃饱，而且还有大量剩余，这是多么奇特和夸张的描写！

　　说到这里，有的同学和家长也许会感到有点纳闷了：你说的这些和《三体》有什么关系？其实是有关系的。《三体》写的是宏观世界，外星人要从距离地球四点三光年的地方出发进攻人类，那将是辽阔宇宙空间里的史诗大战。这是不是超宏观的世界？后来歌者文明用二向箔摧毁了地球，甚至太阳系。这是不是非常宏大的场面？可是《三体》中也描写了微观的世界。当三体舰队还没有到达地球的时候——因为他们要走四百年——三体就派了一个神奇的使者"智子"来到地球上。智子就是一种微粒，像量子力学里面的神奇微粒一样，人眼是不可见的。它可以跨越时空，一下子就到达地球，而且它无孔不入、无所不能，人类看不见它，也摸不着它。智子到达地球以后，提前锁死了人类科学的发展进程。一个微粒就能够把一个巨大星球的文明发展轻松掌握，这就是微观战胜宏观。大家回想一下，在刘慈欣前期的短篇小说中，是不是存在宏观与微观相互转换的辩证法？宏大不一定胜过微小，在力量对比方面，大小、强弱是相对的，并且可以相互转化。由此可见，刘慈欣前期的那些短篇与《三体》这部大部头是有关联的，微观与宏观相对论在他的创作中是一脉相承的。

对于微观与宏观的相对论，我想再发散一下思维，再展开来说说——权当今天我们是一场漫谈。刘慈欣微观与宏观相互转化的思想源头或许正是我们中国古代的传统文化。也就是说，他的思想既来源于现代文明最前沿的天体宇宙学，又根植于我们的传统哲学。说得更具体些，他深受中国古代老庄世界观、哲学观的影响，庄子的齐物论、老子的相对论都是他思想的根据。

老子不就讲柔弱胜刚强吗？好和坏可以转化——否极泰来。相传，老子跟孔子曾经有一个对话，孔子问老子，这世界上最强大的力量是什么？老子没有正面回答他，而是反问：人的舌头和牙齿，谁更厉害？这个问题，听众们都可以思考一下。有些同学可能会想：牙齿那么坚硬，当然是牙齿厉害了，牙齿经常会咬到舌头，甚至把舌头咬出血来。其实不然，当人年老的时候，往往是牙齿先残缺而舌头还在。这说明什么？说明柔弱可以胜刚强。还说明什么？说明强大和弱小可以相互转化。所以我们经常说，最厉害的人就是能够把百炼钢修成绕指柔的人。在老庄的哲学当中，大和小也是相对的。庄子曾经讲过这样一个寓言：有两个国家在蜗牛的角上打仗，蜗牛的角非常细小，两军交战，浮尸百万，血流成河。这则寓言是什么意思？蜗牛角上能发生这么大的战争吗？原来蜗牛角上生活着两个小人国——触氏和蛮氏，有点像我刚才介绍的《微纪元》中的人类，他们为了抢夺领地发生战争。他们自认为的一场大战，于我们而言，简直不值一提，几乎都看不见。这就是宏观和微观视角的不同，从不同的视角去看得到的结果就不一样。当然，你如果用显微镜看，也可能看到一个巨大的世界、一个复杂的结构。从庄子的这则寓言可以联想到，眼前全球各国正在防范和抵抗的新冠病毒。这种病毒非常细小，我们肉眼看不到，只有从显微镜下才能看到它像皇冠一样的形状。但是大家想想，是人类厉害还是病毒厉害？这场疫情说明了什么？其实就说明强大的人类，甚至宏观世界的巨人，未必是最厉害的。有的时候，一个看不见的病毒就可以摧毁人们的生活，摧毁社会的正常秩序，使全球经济遭受挫折，并衍化为全人类的危机。这其实是一个很好的例证，所以我们必须要加大对微观世界和微观事物的关注度。

而刘慈欣的短篇小说，已充分体现出他对微观世界、微观与宏观的相互关系的关注。当他再写鸿篇巨制，写宏观世界，写《三体》如此庞大的作品时，他就会自觉地注意表现微观与宏观的相互关联。这既体现出刘慈欣认识论中的辩证观，也反映了他的宇宙观。

三、解决地球危机的另类思考：向时间移民

读刘慈欣前期短篇小说有个绕不开的词——时间跨越。这个词可说是他后来的长篇小说《三体》逻辑成立的基础之一。刘慈欣写到人类经过了多个纪元，这在《三体Ⅱ·黑暗森林》和《三体Ⅲ·死神永生》当中都有体现。人在液态氮中冰冻休眠，用此方法实现跨越时代而身体不朽——人可以多次解冻复活。当然，这样的情形在外国的科幻小说中并不少见，比如阿西莫

夫的小说；类似桥段也会出现在我们熟悉的电影中，例如在《星际穿越》中的主人公也是通过冷冻休眠实现时间跨越。但这种时间跨越可以跨越多少代呢？《三体》中的人物经常跨越几十年上百年。刘慈欣有本短篇小说集名叫《时间移民》，于比可见作者本人对时间跨越这个概念也是很看重的。

"时间移民"是如何发生的呢？小说中地球环境污染严重，已经不适合人类生存，而且人口爆炸、资源枯竭，人类的出路只有一条——移民。在很多科幻作家的作品中，移民一般就是换个空间，即向星际移民；刘慈欣却是换了种思路——向时间移民——空间不换，还是在地球上，人类不用在宇宙里漂泊，不用去寻找宇宙中其他的星球，而是从时间上去想办法。时间移民究竟怎么个移法呢？不是向过去，而是向未来移民，向未来的一百二十年移民。他们期待未来的一百二十年没有了战争，环境大为改观，地球已经变得山清水秀，自然资源也再次丰富起来。大家读了之后就会觉得非常有意思。小说的主人公就是时间移民的大使，就像现在我们派驻外国的大使。移民大使每次解冻醒来后都发现人类的战争还没有结束，人类武器的威力也越来越大，相互造成的伤害越来越深。既然情况还不行，那就继续冰冻，继续向下个时期移民。经过很多次的冷冻、解冻，他发现地球的环境更加糟糕了。糟糕到什么程度？糟糕到连地球本身也几乎是人造的了。人类生活的地方被巨大的玻璃笼罩，已经见不到任何自然的颜色。如此生活还有什么意思？如此环境当然不适合人类生存。所以，他们只得继续往以后的时间移民，最后醒来的时候出现了匪夷所思的一幕！大家想得到吗？最后醒来的时候，他们发现人类的地球回到了原点，一切都得重新开始。从什么时候开始呢？从一滴水的诞生开始，从生命的起源开始，重新孕育生机，一切从零开始。刘慈欣这个想法很有意思——地球文明的演进，从零开始，回归到零。

我记得前些年，没记错的话应该是 2011 年，广东省命题的高考作文，题目叫作"回到原点"——直播间的有些老师应该还有印象，现在的学生可能不大熟悉。有些媒体朋友曾经问我："你对这些年的高考作文题目怎么看？"我说，好题目不太多，但"回到原点"这个题目特别好；因为它看似简单，却带有一种哲学思辨的意味。通过这道作文题，能够看出中学生的思辨能力和思维深度。读文学作品，不仅是为了欣赏故事，更重要的是训练思维。如果有学生看过《时间移民》的话，就会受到很大启发，尤其是思维上的启发。如果地球出现危机，而人类又不团结，为了争夺资源相互斗争到了极限之后，恐怕一切都得回到从前，回到原点。或许这也是人类得以延续生存的一种方式？这篇小说能够带给我们很多这样的思考——人类很多矛盾发展到极限，对抗到极限，是不是还得回到原点去解决问题？

四、让日常人生关联宇宙大事件

前面我们分享了刘慈欣的《时间移民》这部短篇小说集中的精彩内容，他的短篇小说的确值得一读，建议大家在关注《三体》之余，也可以花一点时间关注他的短篇小说，读起来也很有意思。我和杨长军馆长聊天时还聊过刘慈欣的另外一篇小说《乡村教师》，这也是个很有味道的故事。这篇不知道大家是否看过，是否有关注？

《乡村教师》写一个兢兢业业的乡村教师一心想教育当地的儿童成材，不想他身患绝症，即将去世。可能大家刚看这篇小说的时候，感觉不到半点科幻的意味，因为小说开头就是写一个老师和一群孩子在一个乡村里面的故事。后来，它突然有一个巨大的反转——这个普通故事居然与银河系里面的一场战争有关。这样的反转特别引人入胜。碳基文明与硅基文明决战，碳基文明取得了胜利。碳基文明要建立一个隔离带，防止硅基文明进入银河系的中心区域，这就需要把处于隔离带上的一些星球抹掉、消灭。在抹掉它们之前，碳基文明会对这些星球上生命的智慧等级进行鉴定，如果智慧等级低，就抹掉。地球恰好在这个隔离带上，因而即将成为被抹去的对象。在刘慈欣的科幻小说中，经常有种举重若轻的叙事，他写神奇力量把宇宙中像地球这样的星球抹去时，就好像写"谈笑间，樯橹灰飞烟灭"一样轻松。类似的情节在"三体"系列中也有，那个歌者文明在消灭地球、太阳系，还有三体文明的时候，只不过是拿出来一个小小的、像一张邮票大的二向箔，将其轻轻弹出，瞬间整个地球，连同太阳系和三体都被二维化了，变成了一张平面。这就是他神奇的想象，简直是四两拨千斤，不费吹灰之力。

回到《乡村教师》这篇小说，当地球将要被抹去的时候，碳基文明给了地球一次机会——给人类提几个问题，通过回答看人类是不是有智慧，值不值得保留。结果被随机选中的几个孩子正是乡村教师的学生，他们侥幸答对了牛顿的力学三定律。这三定律是老师在临终之前让学生们强化记忆的。由此碳基文明保留了地球。这个故事很有趣。刘慈欣经常让一个非常微小的事情、一个非常弱小的人、一个看似根本不可能的方法，最后起到巨大的作用，比如化解地球的生存危机。你看，年幼的学生凭借回答对问题就拯救了全人类。这里面也有大和小的思辨，这又回到我们前面讲的那个话题——大和小的转化关系。还比如，在《三体》中，人类最后被一个名叫罗辑的大学老师拯救，他是一个"事不关己，高高挂起"，并不想干大事业的平凡人。他只想过舒适安逸的生活，胸无大志，却无意中拯救了人类。他用什么方法来拯救人类呢？在他之前的三个面壁人想了各种稀奇古怪的方法：氢弹爆炸、同归于尽、逃跑等等。但其实罗辑解决问题的思路很简单，大道至简，那就是威慑平衡理论：如果三体进攻我们，我就暴露彼此共同的坐标；因为在像黑暗森林一样的宇宙中，任何一个文明都不敢轻易暴露自己，否则就会有很多潜伏的猎手向你开枪。罗辑化繁为简，用威慑平衡理论四两拨千斤地解决了问题。

刘慈欣喜欢用很接地气的日常生活来对接宇宙空间中发生的宏大事件。比如《乡村教师》就是用一个乡村里的老师和他学生的生活对接整个银河系里一场旷日持久的文明冲突，这是一种"异想天开"的奇妙关联。类似的写法在《三体》中也有，他用"文革"时期一个悲惨的家庭故事对接了三体世界和宇宙文明，这种构思匪夷所思，非常奇妙。

好啦，关于刘慈欣的短篇小说就分享到这儿。最后，我还是建议大家在阅读刘慈欣小说时除了关注他的《三体》等鸿篇巨制之外，还可以关注一下他的短篇小说，它们一定会给你带来很多灵感和启发。

互动环节

问：请问科幻创作的最基本要素有哪些？或者说最应该注意什么？

答：这个问题的质量很高，已经触及科幻小说写作方面的关键。这里我说一下科幻小说最基本的三大要素：第一是科技，第二是人文，第三是逻辑。如果没有前沿科技的探索和引领，很难想象会产生高质量的科幻小说，那就会变成玄幻。科幻写作不能够瞎编，必须要有科学作基础。接着是人文，如果光写科学，作品就成了一本冷冰冰的科技书，那就不能称之为小说了，最多就像霍金的科普之作《时间简史》。所以，科幻当中一定要有人文。人文是什么呢？就是对人类命运的关怀，对人类命运的思考，表现人类的情感。最后就是要有逻辑，要有科技的逻辑，要有物理的逻辑，小说的情节也要符合逻辑。科幻写作对逻辑的要求还是较严格的。以上就是我们说的科幻写作三要素——科学、人文和逻辑。

这里面还有一个问题要注意一下，刘慈欣也曾说过类似的话，科幻作品离不开现代科技文明，但科幻作品并不能够百分百预测科技未来。对这个问题大家一定要有明确的认识。以前我们认为，科幻中的景象就是我们人类的明天。现在看来，这种理解是狭隘的，科幻作品未必就能准确表现未来世界，它更多的是代表人类对未来的一种思考。刘慈欣曾经作过一个比喻，他把广漠的宇宙文明比作一座摩天大厦，大厦有几十层高，下面有地下室。地下室就像我们现在的车库一样，有负一、负二、负三层。在地下室的某层中有一个文件柜，人类就生活在这个文件柜的某个抽屉中。所以，我们看到的世界只是这个文件柜抽屉里面的世界，而我们正如井底之蛙一般。那么科幻的作用是什么？科幻的作用就是，让这个抽屉里面的人类能够设法跳出文件柜，然后爬上楼梯，走到地面；接着走出大厦，抬头看一看这座大厦的全貌。科幻的作用其实就是引领我们突破固有的对未来的想象，无限地开拓思维。

问：冬眠技术什么时候可以出现？真的能逃避时间吗？

问：液氮可以将人冷冻成超睡状态吗？现在有没有做过类似的实验？

答：这两个问题其实可以一起来回答，因为两者相通。冷冻休眠技术可不可以帮助人类跨越时间？现在国内外很多科幻小说都在"用"这种方式来让人实现时间的跨越，就像刘慈欣《时间移民》中写的一样。《流浪地球》当中不是也采用过这种方式吗？早些年美国科幻电影也喜欢用此实现时间穿越。如果我没记错的话，在卡梅隆执导的《阿凡达》、诺兰执导的《星际穿越》中都有通过冷冻休眠实现时间穿越的桥段。可见，这是科幻作家们比较认同的一种方式。人类有没有做过类似的实验？类似的实验肯定有科学家在做。但是据我了解，现在还没有一个人真正地成功过。

问：为什么人类会在后来变成微人？

答：这位同学的问题可能来自刘慈欣的短篇小说《微纪元》。小说中，人类之所以变成微人，进入微纪元，是因为地球已经出现了资源危机、环境危机，地球已经没有资源去供养人类了，人类必须要寻找到新的生存空间或者是新的生存方式。前面已经讲过了，大多数科幻作家对此给出的答案是：探索外太空，寻找别的类似于地球的宜居星球。但是，刘慈欣在这篇小说中转变了思路——他不想学国外那些科幻小说常用的方法，动不动就星际移民。他想的是，我们不移民了，我们把自己变成微人，变成非常微小的人类，这样我们就不需要很多资源了，我们就可以用非常少的资源养活全人类了，人类生存的危机就迎刃而解了。这就是人类之所以变成微人的原因。这是人类的一种反向进化。

为什么要反向进化呢？人类不是变得越来越高大了吗？其实，人类的欲望越来越多，因此耗费的能源也越来越多：需要的食品越来越多，汽车耗油越来越多，住的房子越来越大等等，由于不加节制地开发自然，导致了全球资源枯竭，为获取有限的资源人类产生了各种争斗。如果反其道而行之，人类反向进化，变成微人，变成微生物那么小的一种个体，那么环境的危机、资源的问题就解决了。这就是刘慈欣这篇小说的出发点，这其实是解决人类现实问题的一种另类思路。至于人类会不会真的变成微人，我想应该不会，至少暂时不会。

（2020年4月11日，广大附中名家讲坛。由主办方根据录音整理）

《三体》：
一枚弱女子牵出的大宇宙

2019 年，电影《流浪地球》持续火爆，这让原著作者刘慈欣名利兼收、声名远播，但他最具代表性的作品却是另一部长篇小说《三体》。刘慈欣是山西人，60 后，读者们都叫他"大刘"。在没有成名之前，他是山西娘子关电厂的一名计算机工程师。从专业出身和工作岗位来看，他算是一个典型的工科男。但是，这个"不安分"的工科男不安心只做一个电厂职工，于是经常利用业余时间写小说。大家知道，在中国的文学创作领域，科幻小说在过去很长一段时间里是备受冷落的。由此可以想见，刘慈欣的创作之路、成名之路并不平坦，本身就是一个带有传奇色彩的励志故事。刘慈欣十年磨一剑，他终于成功了。如今的刘慈欣已经成为中国当代科幻小说的领军人物，也是全球科幻界当之无愧的大咖级人物。

"三体"三部曲总共约有九十万字，堪称皇皇巨制，字数接近四大名著中的《红楼梦》。假设一般人的阅读速度是每分钟五百字，一天阅读一个小时，九十万字的"三体"起码要一个月才能读完。"三体"是一个系列作品，分为三部曲，这三部曲既存在一定的联系又具有相对的独立性。它们分别是《三体》、《三体Ⅱ·黑暗森林》、《三体Ⅲ·死神永生》。

"三体"三部曲的故事庞大而复杂。单独来说，《三体》的故事也不简单，有很多追书的人说读不懂，很多说书的人说讲不清。我曾经反复研读这部书，并多次在大学、中学和一些大城市的购书中心作这部书的阅读分享讲座，由此总结出一些心得。在我看来，《三体》的故事尽管复杂，但是只要抓住了全书的纲，就可以纲举目张、化繁为简。

《三体》的故事情节可以概括为十个字："一枚弱女子，三重大世界。"抓住了这个纲，也就抓住了《三体》的"魂"。

一、一枚弱女子：三千头绪在一身

"一枚弱女子"是谁？就是《三体》的一号主人公叶文洁。

小说一开头，地球防卫组织中国区作战中心里面就充满了紧张忙碌的气氛，来自不同国家的军方、警方和科学家代表，正在讨论如何应对一场人类危机。根据不太确凿的情报判断，地球可能要遭受一股神秘力量的致命袭击。袭击的原因、袭击的形式、袭击的发动者，均不清楚。人们的心头阴云密布。

随着调查的深入，一位貌似与世无争的大学退休教授浮出了水面。她，就是叶文洁。地球防卫组织为什么要关注她呢？有迹象表明，她可能与外星人存在某种联系。时间倒回到20世纪六七十年代，叶文洁曾经参与"红岸工程"，曾在红岸基地工作几十年。什么是红岸基地？小说解释说，这是中国政府当时设在一座深山老林的一处秘密基地，是专门用来研究外星文明的。叶文洁在工作期间，悄悄接收到了来自"三体"的信息。那"三体"又是什么呢？距离太阳系四点三光年的地方，有个星系叫作半人马座，半人马座中有个由三颗恒星组成的小星系，其中有一颗行星上面生活着一种"三体人"。这种"三体人"其实就是一种类似于人类的智慧生物。三体人的文明程度比地球人的要高出很多，它的科技与武力比地球上的厉害多了。如何厉害？暂且卖个关子，留待后面细说。叶文洁想暗中引来超级厉害的三体星际舰队进攻地球。啊，这是不是真有点令人匪夷所思！作为人类的一员，她为何要这么做呢？

要了解其中缘由，就得先了解叶文洁早年的经历。叶文洁是一位天体物理学家，她在专业领域极有天赋，但命运却极为悲惨。"文革"期间，她的家庭遭受了重创。她的父母亲都是研究天体物理学的专家，母亲为了生存，与父亲决裂；父亲被红卫兵批斗，最终被殴打致死；她的妹妹也与父亲决裂，年仅十四岁就在武斗中坠楼身亡。年轻的叶文洁目睹了这一切，变成了一个沉默寡言的人。后来，她被下放到北方一片原始森林中劳动，成天干着砍伐树木的活。本已够艰难了，孰料她又被一位貌似正直、有为的男青年栽赃出卖。就在她即将被打成严重反革命、遭受灭顶之灾的时候，她父亲以前的一个学生把她救了——以她具有天体物理学的专业知识为由将她调到了红岸基地。就是在这里，叶文洁收获了来自太阳系外三体世界的信息，与三体取得了联系。于是，她希望以更高级的三体文明来占领和改造地球，因为，她的人生经历让她觉得人类充满了欺骗和罪恶，需要另外一种文明来予以拯救。

叶文洁这个人物关涉着《三体》的各个情节。这本书的头绪众多，但最终都可以从她身上找到源起。白居易在《长恨歌》中说杨贵妃是"三千宠爱在一身"，这里借用过来，叶文洁这个弱女子也是集"三千头绪在一身"。换句话说，叶文洁是《三体》

各种复杂情节的总枢纽。

为了对接三体，叶文洁建立了一个秘密组织，建立了所谓的地球叛军——英文字母缩写为 ETO。ETO 中有个叫伊文斯的人，花重金开发了一个模拟三体世界的 VR 游戏，招募"志同道合"的叛军成员。他们从线上到线下多次聚会，商讨反叛计划。ETO 抓紧与三体联络，准备里应外合，出其不意地一举攻占地球。人类即将遭到灭顶之灾。

二、古筝计划

不过，好在地球防卫组织的情报网发现了蛛丝马迹。有个叫汪淼的纳米科学家，通过进入三体游戏软件，逐渐掌握了三体和 ETO 的部分线索。当 ETO 地球叛军又一次举行线下聚会的时候，汪淼和警察突然出现。此时 ETO 的领袖叶文洁正在现场——她的秘密计划即将曝光，人类的危机即将化解——读者一颗悬着的心终于可以放下了。

可是，先不要高兴太早了；因为实际上，叶文洁只是 ETO 组织名义上的领袖，她已经无法左右伊文斯了。这一点恐怕是叶文洁本人也始料未及的。这个伊文斯是个不差钱的富二代，掌控着大量的资源。他对人类大肆掠夺和破坏自然的行为感到非常失望，认为人类道德集体滑坡，已经到了无可救药的地步。他这种失望的情绪，最终演变成对人类社会的仇恨。比较而言，叶文洁与伊文斯对人类失望的起因是有差异的：一个源自人类对同类的迫害，一个源自人类对环境的危害。他们引入外星文明的初衷也是有差异的：一个是企图用外星文明来改造和提升地球文明，一个是企图用外星文明来占领和消灭地球文明。用小说中的话来说，同样都是希望引来三体外星舰队，但叶文洁是"拯救派"，而伊文斯则是"降临派"。

明朝末年，吴三桂一怒之下引清军入关。伊文斯的心路历程我看就与吴三桂有几分类似，不过他想干的事儿更大。如果说吴三桂改写的是一个朝代的历史，那伊文斯想要改写的就是整个地球和人类的历史。他也想引三体人"入关"，想将具有先进文明的外星人引入地球，进而占领和殖民地球。大家知道，用来形容暗中勾结外国，阴谋叛国的词语叫作"里通外国"，伊文斯的行为可以叫作"里通外球"了，他要勾结的是地外星球，可谓是宇宙级的大叛徒。

伊文斯手上掌握着与三体世界秘密沟通的全部数据，可他却逃跑了，跑到了遥远的中美洲地区。后来，地球防卫组织得知了伊文斯的行踪，他带领ETO成员正在一艘名叫"末日审判号"的游轮上，准备通过巴拿马运河。防卫组织想要拿到伊文斯与三体联系的数据，却既不能打草惊蛇，也不能武力强攻，因为这样极有可能导致数据被销毁。那怎么办呢？地球防卫组织的人一筹莫展。

就在这时候，汪淼提出了一个绝妙的计划，那就是"古筝计划"。什么是古筝计划？就是利用高科技的纳米材料，制成高强度的"飞刃"纳米线，将其拉紧固定在巴拿马运河闸口两岸的钢柱上，组成像古筝琴弦一样的死亡之线。这种纳米线，肉眼无法看见，仪器无法探测，却韧性极强、锋利无比。当"末日审判号"通过运河时，纳米线像刀切豆腐一样将其分层切割，瞬间消灭了伊文斯团伙。

至此，地球防卫组织截获了多年来 ETO 与三体通信的全部信息，由此也知道了三体的星际战舰正向地球出征，四百年后将抵达地球。人类文明面临着生死危机！作为地球人的我们该如何应对这场危机呢？这是《三体》最后留给我们的悬念，而这一悬念将在《三体Ⅱ·黑暗森林》中得到解答。

三、三重世界：从浩瀚到渺小

到这里，我们已经把握了《三体》的关键情节，它看上去似乎并不复杂。然而，不复杂不代表不艰深。其实，这部书真还有点难懂。为什么？

第一，其中牵涉许多天体物理学、宇宙学的前沿知识。整个"三体"三部曲，其实就是一部故事化的宇宙学。因此，要读懂《三体》最好先准备一些天体物理学知识垫底，这样会有助于理解小说情节。当然，实在没有这些知识垫底，也是可以读的，书中还有许多有关人文的东西。

第二，其中牵涉三重世界。《三体》涉及宇宙世界、地球世界和心灵世界。地球世界的概念相对比较容易理解，这里就不用多说了，我们把重点放在对宇宙世界和心灵世界的解读上。

首先来看宇宙世界。刘慈欣笔下的世界，是超越地球的。小说中的宇宙世界是浩瀚无边的。就拿即将进攻人类的三体世界来说吧，三体位于半人马座之中，这是银河系中离太阳系最近的一个星系，但它距离地球也有四点三光年，三体的高速舰队到达地球也要四百多年。我们再放开思路想一想，除了这个最近的星系，还有无数个距离地球成百上千，甚至上万光年的星系呀！宇宙之浩瀚，由此可见一斑。《三体》就是在如此宏阔的宇宙视野之下展开故事的。

小说中的三体世界有三颗恒星，也就是相当于有三个太阳，这三颗太阳的出没没有规律，导致三体世界时而极寒时而酷热，生存条件十分恶劣。可是，三体世界经历了无数代的演进，克服了重重困难，其文明程度已经非常发达，远远超越了地球。在三体世界中，周文王、秦始皇、墨子、伽利略、牛顿、爱因斯坦等牛人、大咖都复活了，都在参与三体世界的治理。三体世界的生存条件恶劣，但是科技却了不得，他们可以将人"脱水"，使其成为纤维状的薄片，卷起来存库，等待条件允许的时候再把其放入水中浸泡，以使其恢复人形和生命体征。可见，他们的技术文明是相当厉害的。后来，由于叶文洁在红岸基地发射和回收了信息，三体世界发现了地球这个适宜生存的地方，当然想过来殖民，于是就派三体舰队穿越茫茫宇宙来攻占地球。

再来看心灵世界。相比宏观的宇宙世界，心灵世界是微观的、细腻的，也是在阅读《三体》时容易忽视的精彩部分。主人公叶文洁，一位深沉、落寞的大学老教授，一生坎坷，父亲、妹妹、丈夫、女儿先后亡故。从表面看，她是一位弱女子，貌不惊人，也不事张扬，而她的内心却是无比复杂而坚定的。叶文洁对人类社会的失望源自她青年时代的不幸遭遇，具体来说，就是"文革"给她留下的心灵创伤。

叶文洁这个人物，其外在形态和内心世界存在巨大的反差。她曾目睹母亲、妹妹与父亲的决裂，看到了亲情的泯灭；经历过被信任的男青年背叛和出卖，明白了友情的虚无。当年她被下放到林场劳动时，出于纯真的友谊，她为一位所谓的热血青年抄写过书本。后来，那抄本被有关部门视为反动抄本，而男青年为了保全自己竟出卖了她。这件事情对于早已是伤痕累累的叶文洁而言，可谓是雪上加霜。

凡此种种，强化了叶文洁对人性恶的认识。正是有了这样的心理基础，叶文洁才开始对地球、对人类实施隐秘的报复。有一个细节，可以窥见她的幽暗心理。当时，红岸基地的政委无意中发现叶文洁在暗中接收外星人的信息，叶文洁为了保住这个秘密，就开始寻找除掉政委的机会。不久，机会来了。有一天，政委下到悬崖下检修设备，她在悬崖的上方，趁机割断了绳索，而当时她的丈夫也在悬崖下面。为了除掉政委，她不惜牺牲了她的丈夫；而丈夫是拯救过她的人。叶文洁，从一个可怜的遭罪者，演变成一个狠心的施暴者。她的报复心让她变得冷静、冷血。由此，这个人物形象的心灵世界也就变得丰富而又复杂了。

从某种意义上来讲，《三体》也是对"文革"造成的历史伤痕和心理伤痕的反思。但是，这种反思与其他的"文革"反思文学不同，它不是将其放在一个时代的小背景之上，而是放在了人类史和宇宙史的大背景之上。这种以小博大的大手笔、大情怀，就是刘慈欣了不起的地方。

宇宙世界是宏观的，叶文洁个体的心灵世界是微观的，也是幽暗的。同样属于微观而又幽暗的世界还有一个，那就是三体世界派遣到人类的智子。智子可以在宏观和微观世界中自由穿梭，其活动方式，已经突破了我们传统思维中的三维世界。

二维、四维乃至多维空间的状态，刘慈欣在《三体Ⅱ·黑暗森林》和《三体Ⅲ·死神永生》中还会有后续的神奇描述，这也将是阅读这部小说最烧脑的地方。

四、一个感慨和两个疑问

无论是写科幻还是读科幻，一般都要关注三大要素，那就是科技、人文和逻辑。《三体》这部书不仅具有神奇的科幻想象，还有深邃的人文思考，同时也具有坚实的逻辑基础。

读完《三体》之后，在光怪陆离的宇宙空间里穿梭遨游一番之后，我们会感到头晕目眩，发出这样的感慨：啊，人类是何其渺小呀！是的，面对以光年为单位的宇宙空间，人类的确是渺小的。人生在世，忙忙碌碌，那些曾经心心念念的功名利禄、牵肠挂肚的喜怒哀乐，是多么微不足道啊！正如《三体》结尾所说的：人类以为自己很伟大，可是从宇宙的大文明来看，或许我们只是一群渺小的虫子。对比浩瀚的宇宙而言，人类的世界就是虫子的世界。所以有人说，读完了《三体》，容易变得超越，变得豁达。据说，当年奥巴马还在当总统的时候，去夏威夷度假，他的随身旅行箱中只放有两本书，其中一本就是《三体》。据说读完《三体》之后，奥巴马说：原来我和人类都是如此的渺小啊！与此同时，我又是多么幸运啊，至少我在操心国家大事的时候，还不用操心如何防御外星人入侵！

读完《三体》，值得思考的问题有两个：

第一个问题是，如何评价叶文洁这个人物？叶文洁是一个弱女子，多次见证背叛和欺骗，不幸的人生让她对人性中的恶有着非常深刻的认知。她的命运值得人同情，她的聪慧值得人崇敬，她的毅力值得人"佩服"，但是，她反抗命运和报复社会的方式却让人难以给予一个简单的评价。可以说，刘慈欣刻画了一个非常复杂的叶文洁，她具有两面人生，具有复杂人性。

第二个问题是，当接收到外星文明的信息之后，人类该不该回复？这个问题很有意思，换作是你，你会如何作答？这是刘慈欣在《三体》中留给读者的问题；同时，它也是开启第二部续作——《三体Ⅱ·黑暗森林》的钥匙。

《三体Ⅱ·黑暗森林》：
宇宙犹如黑暗森林

在《三体》中，天体物理学家叶文洁在红岸基地成功接收到了外星人三体人的信息。对人性感到绝望的叶文洁，决定和伊文斯一起把三体人引到地球，改造人类文明。为此，他们还暗中组织了一支地球叛军，招兵买马，只为和三体人里应外合。人类和地球面临着巨大的危机。

在《三体》中，人类曾面临一个问题：当收到外星人发来的信息时，我们应不应该回复？想必这会有两种答案。有的人会说，要回复，因为人类作为智慧生物一直很孤独，好不容易有了与外星文明交流的机会，可以多交一个朋友，何乐而不为？也有人会说，不要回复，或者不要轻易回复，因为你不知道这个外星文明目前发展的状况，更不知道它是善意的还是恶意的。如果它的文明比地球高出很多等级，而且又是一个恶意的存在，那地球就可能遭受灭顶之灾。作者刘慈欣对这个问题又是怎么看待的呢？其实，他在《三体Ⅱ·黑暗森林》中是主张不要回复的。在原著中，他就借第一个给地球回复信息的三体人提醒人类："不要回答！不要回答！！不要回答！！！"

然而，叶文洁最终还是回复了来自三体世界的信息。在这之后，人类会面临怎样的危机？

一、面壁计划

在《三体Ⅱ·黑暗森林》中，主人公换成了罗辑。罗辑是个玩世不恭的大学老师，生活很安逸，心态很佛系，偶尔也泡泡妞，小日子过得蛮滋润的。可是，这个胸无大志的家伙做梦也想不到，突然有一天自己会被联合国选定为应对三体进攻的"面壁人"，从而成为"面壁计划"的一部分。

什么是"面壁计划"？原来，三体的星际舰队到达地球需要四百多年，为了防止在这期间地球科技出现飞跃式发展，导致地球文明反超三体，于是三体人派遣了一种可以跨越时空的高科技机器人智子，以量子形态迅速到达地球，锁定地球的科技进步。智子在地球上以光速任意穿行，到处搜集信息，实行全天候、全空间、三百六十度无死角的监控，地球人的每一个行为和每一句言语都在智子的监控之下。智子还干扰人类科学家的物理实验，令科学研究停滞不前，绝望的科学家们纷纷自杀。

不过，只要人类把想法隐藏在心里，智子就无法知晓。为了有效反制智子和三体的监控，联合国专门启动了"面壁计划"，选取了四位面壁人，赋予这四个人至高无上的权力。他们应对三体的谋划可以不告诉任何人，甚至可以对联合国秘书长都隐瞒意图，并且有权调动地球上的一切资源，不需要作任何解释。

这四位面壁人，除了中国人罗辑，还有美国前国防部部长泰勒、委内瑞拉总统雷迪亚兹、欧盟前主席希恩斯。第一位面壁人泰勒，他表面的计划是建立一支敢死队，以大无畏的精神对付三体舰队。当然，这种组建敢死队的计划只是一个"障眼法"。泰勒真正的计划，是利用一种叫球状闪电的武器对人类舰队发动突然攻击，使其量子化，形成所谓的量子幽灵，组成像魔鬼一样的量子舰队，以此来对抗三体。但遗憾的是，这一计划被三体的破壁人识破，导致他悲观失望，开枪自杀。

那什么是破壁人呢？简单来理解，破壁人是面壁人的对立存在。面壁人是人类挑选的精英，希望他们能想出拯救人类的方法，并且不被其他人识破；而破壁人就是指能够揣测、看透面壁人内心想法的人，他们往往是面壁人的身边人。小说中的破壁人，均是三体从人类叛军中挑选出来的精英。

回到面壁计划。第二位面壁人是雷迪亚兹，他实施的秘密计划是在水星地层中埋藏大量的氢弹，一旦引爆就会使整个太阳系燃烧起来，变成比三体更加可怕的地狱——他欲以全人类生命为筹码要挟三体。简单来说，这是一种双方同归于尽的策略。可是，这个秘密计划最终也被破壁人拆穿。带着遗憾，雷迪亚兹回到了他的祖国委内瑞拉，结果刚到首都，就被愤慨的民众用砖头活活砸死。

第三位面壁人希恩斯是一位脑科学家，也是欧盟的前任主席。他费尽心机研究一种思想钢印。什么是思想钢印？通俗地讲，就是通过给人植入一种思想，让人坚定地相信它，就如同相信加盖了钢印的文件一般，以此来确保被植入者对这个思想完全信服，毫不置疑，并坚定地朝其所指引的目标前进。表面上看来，希恩斯是想为地球防御力量的军人们植入必胜的信念；可是，他真正想做的是向这些军人植入"绝对失败"的理念，因为这样才能让人类尽快逃离太阳系，以避免与三体的正面接触。不过有意思的是，希恩斯的破壁人就是与他朝夕相处的老婆。计划被破壁人识破之后，希恩斯被撤销了面壁者身份，成为罗辑和联合国行星防御理事会之间的联络人，之后下落不明。

第四位面壁人就是来自中国的社会学博士、大学老师罗辑。前面讲过的三位面壁人，在小说中都有一个对应的破壁人。那么，罗辑的破壁人又会是谁呢？其实，罗辑没有一个对应的破壁人。如果说有，那这个破壁人就是他自己。罗辑的防御计划是什么？他的计划是从地球三体组织的领袖叶文洁，也就是《三体》中的女主角那里得到灵感的。叶文洁向他介绍了"宇宙社会学"的基本概念，罗辑由此悟出"黑暗森林法则"，并基于此制定出一个"威慑平衡"的防御策略。

什么叫威慑平衡？我们可以先拿地球上的例子来解释一下。对抗双方一旦武力不平衡，具有明显优势的一方就有可能主动发起战争。大家知道，原子弹的威力很大，美国和俄罗斯现在拥有的原子弹总量足以毁灭地球几十次。但是，由于目前世界上拥有原子弹的国家有九个，所以哪个国家也不敢首先使月核武器，否则难免落得个同归于尽的下场。这样就形成了目前地球上核威慑的平衡——谁也不敢轻易冒险打破这种平衡。当年，美国总统肯尼迪执政时期，美苏冷战，曾一度出现古巴导弹危机，核战争一触即发，但最后还是有惊无险，这种威慑的天平最终还是回到了平衡状态。

而面壁人罗辑认定的威慑平衡，类同于地球现实中的核威慑平衡。他的真实意图就是建立一种威慑平衡，从而阻挡三体的进攻。不过，小说中的威慑平衡是在宇宙、星际之间实行的，所以具体方式并不同于地球的核威慑平衡。简单来说就是：宇宙中的每一个文明都不愿意暴露自己的坐标，因为一旦暴露，就等于是向潜伏的狙击手暴露自己的位置，得来的必将是被消灭。所以，在宇宙中暴露坐标就等于灭亡。

于是，当三体舰队派出的探测器"水滴"轻轻松松地将地球舰队消灭，并即将展开对地球地面的攻击时，在这千钧一发之际，罗辑挺身而出，用威慑平衡的策略拯救了人类。他告诉三体：如果三体攻击地球，那么他就会利用地球上的引力波广播系统向宇宙发射信息，这样宇宙中的其他未知文明就会接收到信号，从而知道地球和太阳系，以及正在进攻地球的三体的坐标。这样，地球和三体就可能遭到宇宙中"第三者"文明的打击，最终三体将与地球同归于尽。就这样，罗辑利用威慑平衡策略阻挡了三体的攻击，暂时维持了两者之间的和平。罗辑也因为掌握着引力波广播的发射器，成为实施威慑平衡的"执剑人"。而这柄剑，就是对付三体的达摩克利斯之剑。

二、黑暗森林：宇宙社会学

三体系列故事的体量非同小可，想象近乎"疯狂"。作者是如何支撑起如此庞大的架构的呢？答案是，刘慈欣在小说中构建了一根哲理化的脊梁。三体系列之所以能够超脱轻佻的幻想，而具有"硬科幻"的坚实与厚重，与这一根哲理的脊梁分不开。

在《三体Ⅱ·黑暗森林》中，《三体》的女主角叶文洁直接出场仅有一次，但她却告诉了罗辑两条非常关键的宇宙公理：

第一，生存是文明的第一需要；

第二，文明要不断增长和扩张，但宇宙中的物质总量基本保持不变。

　　在三体系列中，刘慈欣讲述了一个庞大的宇宙故事，而他的"野心"还不止于此，他还想探寻一种宇宙的规则和秩序，构建一种宇宙社会学。而其中的核心，就是基于以上两条宇宙公理的"黑暗森林法则"。

　　要理解"黑暗森林法则"，首先要了解"费米悖论"。这是20世纪50年代，诺贝尔物理学奖得主费米提出的关于外星人的著名悖论。那时社会上有很多关于外星人的讨论，有人问费米如何看待外星文明，费米说：宇宙如此广漠，星球如此众多，很难断言外星人不存在。但是，如果真的有外星人，那请问他们在哪儿呢？宇宙星球数以亿万计，单就概率来讲，外星文明应该有，但我们为什么始终找不到他们存在的证据呢？这就是费米悖论。尽管一两个世纪以来，关于外星人的讨论从未停止，但事实是，迄今为止人类依然没有找到有外星文明存在的确凿证据。

　　在这里，让我们回到《三体》的问题：人类该不该回复外星人？这个问题，其实就是刘慈欣构建宇宙社会学的逻辑起点。面对外星人的信息，我们一旦回复了，就会暴露地球在宇宙中的坐标位置，而且是在我们不知道外星文明发展状况的情况下。他们是比我们高级还是低级呢？他们是善意的还是恶意的呢？前些年有一部美国的3D影片非常火，片名叫作《阿凡达》，这部电影就展现了两种文明，一个是现代文明，一个是原始文明。代表现代文明的人类显然对原始文明具有科技和武力上的绝对优势，可以轻松地杀戮处于原始文明阶段的人类。换言之，如果人类主动引来了外星文明，他们的文明不是比我们低级，而是比我们高出好几个层级的话，我们大概率也会被轻而易举地毁灭。

刘慈欣笔下的三体，正是这样一个比人类文明先进很多倍的文明。所以在故事里，地球最终不幸被三体人占领，人类被集中赶往澳洲，并且即将面临人吃人的自我灭绝的局面。

解释完费米悖论、外星文明与地球文明的关系之后，我们就可以回到黑暗森林法则上来了。你可以想象这样一个画面：宇宙茫茫，就像一片黑暗的森林，每一个文明就是一个背着猎枪的猎人。大家都轻手轻脚地在森林里行走，哪怕是拨动一根树枝都小心翼翼，生怕惊动了处于黑暗中的其他猎人。如果谁一旦暴露，那么发现他的猎人，就会毫不犹豫地开枪消灭他。因为在黑暗森林中的首次相遇，没有信任可言；即便对方心存善意，也没谁敢冒险相信。生存，且只有生存才是文明的第一需要。这就是黑暗森林法则的第一个概念"猜疑链"。

什么是猜疑链？通俗地讲，就是彼此猜疑，互不信任，并由此而形成一连串链条式的猜疑。那情形就如同法国存在主义哲学家萨特的一句名言："他人即地狱。"

而黑暗森林的第二个概念则是"技术爆炸"。文明的进步，包括科技的进步，并非匀速地发展，有了一定的积累后很可能会呈几何倍数的爆炸式增长。比如，从农业文明到工业文明用时很长，从蒸汽时代到电气时代再到信息化时代用时较短，这说明人类技术的发展越来越快。就拿交通工具的速度来说，近一百年发展之快，足以让人震惊。小说中有一段对话："张叔，您想想一百二十年前是什么样子？那时还是清朝呢，那时从杭州到北京得走个把月，皇帝到避暑山庄还得在轿子里颠好几天呢！现在，从地球到月球也就是不到三天的路。技术是加速发展的，就是说发展起来会越来越快，加上全世界都投入全力研究宇航技术，一百二十年左右飞船是可以造出来的。"我们可以将这段话看作是作者对"技术保障"的一种通俗讲解。你们看，现如今除了飞机还有高铁，对比一百年前，人类出行的速度的确是呈现出几何倍数的增长。

既然文明发展到一定程度，随时可能出现"技术爆炸"，那么，这就会产生一个连带问题：如果你在宇宙中发现一个文明，它暂时比你落后，你没有向它开枪，它暂时也无法对付你；但是，随着文明的演进，它一旦出现"技术爆炸"，就有了反制甚至消灭你的能力。所以，高度发达的三体人才会在尚未抵达地球之前，就派智子锁死人类的科技发展，他们这样做，就是担心暂时落后的地球文明在未来可能出现"技术爆炸"，从而反杀他们。

三、宇宙社会的三"不可"

"黑暗森林法则"就是宇宙生存的游戏法则。在这个"黑暗森林法则"的背后，还潜藏着宇宙中各个文明之间的三个"不可"：信任不可能，傲慢不可以，永恒不可求。

首先来看"信任不可能"。前文已经讲过，宇宙中的每一个文明都是带枪的猎人，躲藏在暗处，因为无法判断对方是善意还是恶意，所以一旦发现对方，除了开枪，别无选择。有人会说："如果主张'信任不可能'，那不是在人际关系中强调人性恶吗？"其实不能这么片面地理解。要知道，小说中的"信任不可能"是放在宇宙背景中讲的。而当地球遭受威胁，地球上的人类就是一个集体，人们必须要真诚相待、团结互助。这就如同我们面临气候、环境等全球危机时，要倡导建立一个人类命运共同体。当一个国家遭受威胁时，国民就是一个集体，爱国主义必须要弘扬，国民之间必须要真诚、团结。以此类推，一个社区、一个单位、一个家庭，成员之间唯有真诚团结，面对危机时才能一致对外。这样讲解是不是有助于大家全面理解宇宙大背景中的"信任不可能"？

其次，是"傲慢不可以"。何谓"傲慢不可以"？放在以光年为距离单位的宇宙大背景中，人类只不过是一群会思考的虫子。即便人类社会已经创造了灿烂的文明，但是，切记不可盲目自大、沾沾自喜；因为你所谓的智慧和文明，在上帝眼中很可能只是"虫子"的小聪明而已。

刘慈欣在《三体》里讲述过两则很有深意的寓言。一则讲的是，有一位枪手打靶，在靶子上留下了一些枪眼。在靶子的平面上生活着一群智慧生物——你就把他们想象成小人国的人吧——有一天，有几个小人偶然发现了靶子上的枪眼，于是便宣布他们有了重大的宇宙发现，那就是宇宙中存在黑洞。另一则讲的是，有一位农场主圈养了一群火鸡，每天上午 11 点的时候他会准时给火鸡投食。过了一段时间，火鸡世界中的科学家便宣布发现了一条十分重大的科学规律，那就是每天上午 11 点都会有食物降临。可没过几天，感恩节来了，农场主把所有的火鸡都杀了。这两则寓言的寓意是什么？那就是"傲慢不可以"！因为如果你身处一个局限的环境中，你所谓的智慧和发现，在更高一个层级的文明看来或许只是一个幼稚的笑话而已。这就是所谓"人类一思考，上帝就发笑"。

《三体Ⅱ·黑暗森林》中有一个桥段也讲了这个道理。地球人为了对抗三体，建立了庞大的防御舰队。两千多艘飞船在太空中排列成整齐的方阵，地球人自我感觉良好，觉得非常威武，可万万没想到，这个庞大的舰队，却在几分钟之内就被三体舰队派来的一颗小小的"水滴"给全部消灭了。真可谓"谈笑间，樯橹灰飞烟灭"呀！

最后，我们来看"永恒不可求"。读了三体系列，你会感到人生短暂。地球迄今已存在了四十五点五亿年，但是即便是以亿年为单位的地球、太阳系和银河系，乃至整个宇宙，都逃不过毁灭的结局。所以三体故事的背景是灰色的，具有悲剧的色彩。

然而，三体这种对宇宙命运的终极关怀，其实也是对人类命运的终极关怀，对每个个体生命的终极关怀。人生不过短短几十年，对于漫长的宇宙来说那只不过是"弹指一挥间"。但正因为如此，我们每一个人才更应该珍惜这有限的生命，珍惜生命的每一天，珍惜生命中遇见的每一个人。这正如宋代词人晏殊《浣溪沙》讲的那样："满目山河空念远，落花风雨更伤春。不如怜取眼前人。"越是永恒不可求，就越要珍惜当下，珍惜人生。

《三体Ⅲ·死神永生》：
为爱而死，为爱而生

在《三体Ⅱ·黑暗森林》中，罗辑担当了拯救人类的重任。在千钧一发之际，他用"威慑平衡"阻挡了三体的进攻，让人类获得了暂时的和平。在《三体Ⅲ·死神永生》中，罗辑这个人物虽然还在，但他不再是头号主角了。头号主角的交椅让给了一位女性科学家，那就是程心。

在三体系列的前两部中，人类总是被动地应对和防御来自三体的威胁和进攻；到了第三部，人类开始化被动为主动，想要到三体世界去收集情报，于是决定向三体世界发射一个探测器。这是一个什么样的探测器呢？这个探测器能够带回有价值的信息，成功拯救地球吗？

一、阶梯计划：如果爱，请捐献大脑

《三体Ⅲ·死神永生》的主人公程心是一位航天发动机专业博士。这位女博士小时候命苦，被父母遗弃，后来被人收养。但上帝总是公平的，她出身虽苦，却学习优异，是典型的学霸，她的专业和聪慧让她顺理成章地进入拯救人类的核心队伍之中，也就是行星防御理事会战略情报局（简称 PIA）。

在《三体Ⅱ·黑暗森林》的结尾，罗辑以执剑人的身份维持着人类与三体的和平。但是，这种和平是脆弱的，因为罗辑的方法是"要挟"——如果三体进攻人类，那么人类就会向宇宙发射引力波信息，暴露包括三体在内的太阳系的坐标，这样大家都会成为宇宙中隐藏猎手的袭击目标，分分钟同归于尽。

到了《三体Ⅲ·死神永生》里，罗辑已经为人类做了五十多年的执剑人了，他老了，成了白须飘飘的老头。这就必须要遴选新的执剑人，以接替罗辑。到这里，故事就跨越到一个新纪元：从以罗辑为主角的"威慑纪元"跨越到以程心为主角的"广播纪元"。经过遴选，程心成了新一代的执剑人。可是就在两人交接引力波广播的启动按钮时，已经安静了几十年的三体却出其不意地攻击了地球——在程心接管权力后的十几分钟之内毁掉了人类向宇宙发射信息的所有引力波广播发射塔。在此期间，程心本来有机会启动广播系统反击，可是出于人类的"爱心"与"仁慈"，她没有这样做。由此，人类生存的希望第一次被斩断。就这样，三体攻占了地球，将人类迁到澳洲，并实行了灭绝人类的计划。到此，威慑平衡被打破，故事情节有了巨大的反转，地球文明面临着灭顶之灾。

你或许有这样的疑问：三体和人类对峙了几十年，一直没有发动进攻，为什么偏偏选程心刚刚当上执剑人、刚刚接班的那一刹那发动进攻呢？原来，三体早就吃定了程心。三体曾通过智子对人类个体的各种信息进行分析，他们对罗辑和程心的意志力进行了评估和比较。人类意志力指数的范围由弱到强为一到十。三体人得出的结论是：罗辑得分九点九九九分，接近于十，但程心的得分却只在三分到四分之间。通俗地说，罗辑的意志特别坚决，有一股狠劲，那么如果三体进攻，罗辑几乎百分之百会按下引力波广播的发射按钮；相比之下，程心的意志力则非常柔弱，比较犹豫，缺乏那股子狠劲。这就是为什么三体会在程心接班的那一刹那发动进攻。

这个时候，为了改变与三体对抗中的被动局面，PIA 觉得应该主动向三体探索，获得三体世界信息。俗话讲得好，不入虎穴，焉得虎子。于是 PIA 决定向三体世界发射一个载人探测器。程心也利用她的火箭专业知识向 PIA 提出了一个"阶梯计划"，简单地讲，就是采用分级推动的方法将探测器送到四点三光年之外的三体。但是经过测算，这个探测器无法承载一个人的重量。程心的上司维德就有了一个疯狂的想法，那就是只将一颗人的大脑送入三体，这样做能够最大程度地减少质量和体积。到这里，剧情引入了一个关键人物——云天明。云天明是程心的大学同学，一直暗恋程心，工作不久后不幸患了癌症。正好在这当口，程心偶然得知了云天明的状况，于是她马上起程从纽约回国，找到并说服云天明为了人类的利益、为了拯救地球将自己的大脑捐献出来，送到遥远的三体世界。

后来，云天明的大脑被三体截获，成功打入三体，成为人类的一个"星际间谍"。再后来，程心与他在三体有过一次见面。云天明通过讲童话故事的方式，隐晦地向人类传递了避免灭亡的方法，也就是所谓的黑域计划、逃亡计划。云天明的童话及其所暗示的计划，在后面我们还将详细讲述。循着云天明的指引，程心的星环公司最终制造出了光速飞船；但不幸的是，宇宙的另一个高级文明歌者文明，利用二向箔武器对太阳系实行"降维打击"，整个太阳系被二维化，无论是三体，还是地球都在瞬间被消灭。就在那千钧一发之际，程心乘坐唯一的光速飞船逃出生天，成为地球文明最后逃出的两个幸存者之一。

二、隐喻与波纹：理解结构的密码

三体三部曲结构复杂，尤其第三部，阅读难度最大，其牵涉的宇宙空间更广、宇宙理论更多，结构线也更繁杂。想读懂《三体Ⅲ·死神永生》，关键要抓住这本书的两个结构特征：一是隐喻结构，一是波纹结构。

何谓"隐喻结构"呢？隐藏的隐，比喻的喻。通俗地讲，就是刘慈欣在讲故事的时候，不直接说故事本身，而是通过别的故事来暗示来作比，让读者自己去悟出其中隐藏的真实意义。

前面提到，人类向三体发射了载有云天明大脑的探测器，而三体果然截获了这颗大脑，云天明由此成为三体中的一个卧底。为了将三体的秘密和人类求生的方法告知地球，云天明和程心有了一次会面。但是，会面是在三体人的监控下进行的，显然云天明是不可能直接把对付三体的方法讲出来的。于是，他给程心讲了三个童话故事，分别是《王国的新画师》《饕餮海》和《深水王子》。这几个故事听起来有点《安徒生童话》《格林童话》的味道。云天明正是通过这种生动却又隐晦的方式为人类指出了生路。

第一个故事《王国的新画师》讲述了无故事王国的冰沙王子性情残暴，不为其父所喜爱，因此他欲谋害父王、母后和亲姐妹露珠公主。冰沙王子重金请来的针眼画师画谁的肖像，谁就会失去生命。这个神话故事寓意了太阳系后来将被二维化的厄运。

第二个故事《饕餮海》，云天明通过赫尔辛根默斯肯这个暗语，让危难中的地球人通过联想到挪威赫尔辛根山附近的默斯肯海岛以及有名的默斯肯大漩涡而获得启发，找到制造光速飞船的关键技术——曲率引擎。

第三个故事《深水王子》暗示了四维空间宇宙的出现。后来，逃亡路上的程心将会在多元宇宙中穿梭。

通过童话故事，云天明暗示程心，未来地球将会遭遇其他宇宙文明发动的降维攻击，从立体的三维降到平面的二维，就像是被画师画进画里一样。

云天明借此给地球指出了两条生路，这就是后来的逃亡计划和黑域计划。另外，还有一个掩体计划，那是傲慢的地球人类自己决定的，跟云天明没关系。这三个计划具体是怎么样的呢？

首先看黑域计划：设法将光速降低至第三宇宙速度，这时光将无法逃脱太阳引力，太阳系将会变成一个类似黑洞的黑域。其他文明会认为这是一个绝对封闭的安全的世界。由此，太阳系遭到打击的可能性就会大大降低；但付出的代价是，由于任何物体的速度都无法超过光速，计算机的速度也将变得极慢，人类将退回低技术社会。所以，人类社会对黑域计划热情不大。

其次是逃亡计划：通过光速飞船实现星际逃亡。然而，进入外太空后，人类的前途凶险莫测；同时，谁走谁留也会产生很多社会问题。另外，光速飞船会产生航迹，容易暴露坐标，容易招致其他高等文明的打击，所以后来程心的星环公司对光速飞船的研发被禁止了。

最后是掩体计划：这是人类最终选择的计划，就是以木星、土星、天王星和海王星四大巨行星为掩体，在这几颗星球的背阳面建设供全人类移民的太空城。但实际上，由于高级文明可以对太阳系实行降维打击，将三维空间二维化，所以掩体计划并不能使人类幸免于难。

现在再来讲讲波纹结构。

我们将一块石头投入平静的水面后，波纹立时从中心不断向周围扩散。与此类似，在太阳系扔下一块"石头"，其产生的"波纹"会立时影响到半人马座的三体，再到银河系，最后到宇宙，甚至大宇宙、小宇宙等多元宇宙。这就是小说的"波纹结构"。在小说的末尾，程心乘坐光速飞船侥幸逃脱了歌者文明对太阳系的降维打击，最后到了智子为她准备的小宇宙。当然，小宇宙、大宇宙已经牵涉了平行宇宙的命题。

另外，在《三体Ⅲ·死神永生》中，宇宙中各个文明也像波纹一样有着不同等级。三体对付地球文明就像收拾一碟小菜一般轻松，派一个"水滴"就足以。可是如此厉害的三体文明，在银河系的另一个更高级的歌者文明面前，简直是小儿科。前面我们提到，歌者文明发现了太阳系，并对太阳系进行"降维打击"。什么叫降维打击？就是将三维的地球二维化。通俗地讲，就好比你把一个泥球拍扁一样。歌者文明把一个像小纸片一样的武器——二向箔轻轻往外一扔，一下子就把地球、三体乃至整个太阳系二维化了，偌大的太阳系顷刻间成了一张薄薄的纸片。歌者收拾三体和太阳系，是如此轻松，比人类踩死一只蚂蚁还要简单，真可谓"卤水点豆腐，一物降一物"。回到早前解读过的《三体Ⅱ·黑暗森林》我曾经说过，宇宙社会有三个"不可"，其中之一就是"傲慢不可以"。歌者的二向箔够厉害了，可说不定宇宙中还有更厉害的文明没有出场呢！读懂了这种波纹扩散、不断升级的结构模式，也就找到了一把解读三体系列的钥匙，这将为阅读整个三体三部曲打开方便之门。

三、人性与兽性：艰难的抉择

《三体Ⅲ·死神永生》还有一个重要人物，那就是维德。维德是程心的上司，也是一个为了目的可以不择手段的人物。在小说中他是与程心对照着来写的。"失去人性，失去很多；失去兽性，失去一切"，这是维德对程心说的一句话。这句话的确很有嚼头，但要理解其中的深意，就得回到说这句话时的场景中。

前面说到，人类已经解读出云天明提供的出路之一——制造超光速的曲率引擎飞船。于是程心的星环公司就开始了这种飞船的研制。

什么是曲率引擎呢？宇宙的空间并不是平坦的，而是存在着曲率，有弧度。如果把宇宙的整体想象为一张大膜，这张膜的表面是弧形的，我们甚至可以把整张膜想象成一个封闭的肥皂泡。虽然膜的局部看似平面，但空间曲率无处不在。一艘处于太空中的飞船，如果能够利用某种方式把它后面的一部分空间烫平，减小其曲率，那么飞船就会被前方曲率更大的空间拉过去，这就是曲率引擎。曲率引擎飞船有别于传统的飞船，可以达到甚至超过光速。那么根据爱因斯坦的广义相对论，这样的光速飞船就可以让时光倒流，人们就可以借此回到从前。当然，曲率引擎飞船还只是科幻小说中的一种幻想。

再回到小说，程心冬眠时将星环公司的领导权暂时交给维德，并且和维德达成协议：一旦星环公司的研发成果危及人类，维德必须唤醒程心，程心有最终的决定权。经过努力，维德的曲率引擎飞船终于研制成功。但是由于光速飞船在太空航行时会产生航迹，这会暴露太阳系的坐标，人类很可能由此遭到外星文明毁灭性的打击，所以星环公司的研究被人类政府禁止了。

可是，维德不惜对抗政府，执意要完成曲率飞船的研制。他还制造了反物质子弹——能够轻易消灭人类在各大星球的大本营。他认为，光速飞船能够载着少数人逃离外星文明的打击；但要达此目的，他必将与人类一战，而星环公司有必胜的把握。就是在这种情况下，维德遵守诺言，唤醒了冬眠中的程心，告诉她当前的局面以及他准备进攻人类的计划。

你猜程心会怎么选择？是的，她终究和维德不一样。她毅然决然地叫停了星环公司的计划，因为她不愿意进攻人类。这时一向以冷漠、冷静和极端理性著称的维德一再劝说她要果断进攻，可是程心始终不为所动。在这种情况下，维德终于说出了这样一句话："失去人性，将失去很多；失去兽性，失去一切。"

无论是放弃按下反击三体按钮的权利，还是放弃对飞船的研制，拒不攻击人类，程心在关键时刻的犹豫和放弃，都源于她内心深处的仁慈和爱心，也就是人性。但她的抉择却将人类置于面临灭绝的境地。可见，仁慈的程心在人类命运面前显得多么无力和矛盾。

有人说，这种貌似圣母的慈爱只是一种妇人之仁。的确，在程心的身上有一种圣母情结。她身上这种闪耀着母性光辉的人性，却遭到了生存这一命题的严峻挑战。当战争来临，尤其是严酷的宇宙之战来临之际，这种所谓的人性可能只会带来万劫不复的严重后果。因为在黑暗森林之中，每一个猎手都只能先发制人——首先开枪，是他唯一正确的选择。后来，当整个太阳系遭到歌者文明的降维打击，全部被二维化，被消灭殆尽后，程心也曾后悔当初的选择，甚至责怪维德为什么要那么守信用，为什么不违抗她的命令。程心内心的反复和摇摆，其实折射的是作者刘慈欣内心的犹豫和摇摆：在恶劣的竞争环境中，人性和兽性谁更可靠？

刘慈欣没有直接作出回答，而是将问题留给了读者，这也是文学创作的留白艺术——他把想象的空间和思考的余地都交给了读者。那么刘慈欣对于兽性还是人性的抉择到底有没有隐含的倾向性呢？我认为是有的，他在灵魂深处还是倾向选择人性的。小说结尾之处，程心不顾智子的劝说，为了避免大宇宙的灭亡，决定将他们赖以生存的小宇宙中的物质归还给大宇宙，这其实就是一种人性的大爱。因爱而死，因爱而生。小说最后，小宇宙中只遗留下有人类信息的漂流瓶和五公斤重的生态球——这是留给人类的希望。生态球里跳动的鱼儿，绿叶上滚落露珠所折射的光芒就是生命的象征。

《流浪地球》：
末日危机的"另类"拯救

2019 年春节，国产科幻电影《流浪地球》上映五十天就收获了将近五十亿票房。有评论认为，这部电影对于中国科幻电影具有划时代的意义，2019 年也堪称中国科幻电影的元年。确实，无论是电影还是原著小说，《流浪地球》都是原汁原味的中国式科幻。

曾有人说，刘慈欣凭一己之力将中国科幻文学提升到了世界级水平。那么，刘慈欣在《流浪地球》中向我们展示了一个怎样神奇壮阔的宇宙，又向我们讲述了末日危机下的哪些人性故事？

一、换一种思路拯救人类

末日危机这样的主题在科幻世界并不新鲜，像美国阿西莫夫"银河帝国"系列，还有好莱坞的科幻电影《2012 末日危机》《星际穿越》等都属于这一类。这些作品有个共同的情节模式，那就是"地球出现了末日危机，地球快完了，大家伙赶紧跑吧，向别的星球跑吧"。一句话，星际移民是解决末日危机的通常方式。这种套路，读多了，也就不新鲜了。刘慈欣的《流浪地球》之所以读起来新鲜，是因为在情节设置上有了重大突破：带着地球去流浪。末日危机来了，咱们不是丢下地球，而是带上地球一起去逃亡。这就让这部作品相当"好玩了"。

《流浪地球》这部小说从篇幅上来看只能算是中篇，尽管篇幅不长，可是电影所展现的内容却还只是小说的一小部分。当然对于这一小部分，刘慈欣在编剧时是进行了改写和扩充的。小说共分为"刹车时代""逃逸时代""叛乱"和"流浪时代"四部分，电影《流浪地球》的主要故事内容其实是取自小说的第二部分"逃逸时代"。电影一般时长大约为两小时，不可能讲述很长的故事。长篇小说拍成电影时，往往会对故事进行截取或者压缩，以满足电影时长的要求。譬如张艺谋导演的《归来》，就是根据严歌苓的长篇小说《陆犯焉识》改编的，但电影只选取了小说故事结尾的那一小部分进行演绎。

小说《流浪地球》以第一人称"我"的视角展开故事，在第一部刹车时代起笔就写："我没见过黑夜，也没见过星星，我没见过春天、秋天和冬天。"主人公出生在刹车时代结束时，那时地球刚刚停止转动。对于"我"来说，地球的昼夜交替和四季轮回都只是母亲讲的故事。地球的自转刹车用了整整四十二年！为什么地球要刹车，要停止自转呢？小说以补述的手法讲述了整个故事发生的大背景：三个多世纪前，天体物理学家们发现太阳内部氢转化为氦的速度突然加快，于是发射了上万个穿过太阳内部的探测器，建立起数学模型。经过巨型计算机的测算，氦元素的聚变将在很短时间内传遍整个太阳内部，并将发生一次叫氦闪的剧烈爆炸，之后，太阳将膨胀并包裹地球。地球将在太阳的氦闪爆发中气化，人类连同整个地球将彻底消亡。

在这存亡绝续的关键时刻，为了挽救人类和地球，地球联合政府决定实施逃亡计划，而且是带着地球一起逃亡：决定逃至离太阳系最近的，约四点三光年之远的半人马座比邻星。为了给地球逃逸增加动力，人类在美洲和亚洲的大陆上安装了一万两千台地球发动机。

人类的逃亡计划分为五步：第一步，用地球发动机使地球停止转动，将发动机喷口固定在地球运行的反方向；第二步，全功率开动地球发动机，使地球加速到逃逸速度，飞出太阳系；第三步，在外太空继续加速，飞向比邻星；第四步，在中途使地球重新自转，掉转发动机方向，开始减速；第五步，地球泊入比邻星轨道，成为这颗恒星的卫星。

整个移民过程将延续两千五百年时间，历经一百代人。

小说的第二部分，描写地球的逃逸年代。人类改变了地球运转轨道，使其最终接近了木星。由于木星的体积是地球的一千三百多倍，巨大的引力险些让地球撞上它；但是，有惊无险。由于领航工程师的精确计算，地球不仅避免了与木星相撞，而且成功利用木星的巨大引力把地球加速甩向了太空。至此，地球已经达到了逃逸速度，向广漠的外太空飞去，开始了漫长的流浪时代。

小说的第三部分，描写了人类的叛乱。从四个多世纪的恐惧中解脱出来之后，人们长吁了一口气。但是，有人观察到遥远的太阳并没有发生氦闪的迹象。民间的科学家向太阳发射了探测器，发现太阳图像与四个世纪前并没有变化，于是人群之中有一种说法逐渐传播开来，那就是四个世纪前开始的这场逃离太阳系的计划，根本是一场骗局，联合政府企图利用危机心理对人类实施独裁统治。这时候，"我"的妻子加代子也认为这是一场骗局，并且加入了起义叛军的队伍。而"我"出于对政府的忠诚则加入了联合政府的军队。叛军的势力越来越大，攻城略地，政府军不断退缩，美洲、非洲、大洋洲和南极洲相继沦陷，后来即便是政府军严防死守的地球发动机所在地的东亚和中亚也岌岌可危。最终，政府军只剩下五千人困守在发动机控制中心。最后，为了避免控制中心受到破坏，这五千人只能缴械投降。十几万叛军将这五千人赶到了冰冷的大海冰面上，并且拆除了他们身穿的密封服中用以加热的核能电池。在无数人的痛骂声中，这五千战士最后全部被活活冻死在冰面上，成了五千尊站立的冰雕。可是就在此时，太阳的氦闪突然发生了。叛军人人哑口无言，原来逃离计划并非骗局，原来被他们杀害的政府军都是无辜的。

小说的第四部分，描写流浪时代。又是半个世纪过去了，地球飞出了冥王星的轨道，飞出了太阳系，在广漠寒冷的宇宙中开始了流浪的旅程。从此，地球又经过了加速时代和减速时代。在逃亡计划实施两千四百年后，地球到达了比邻星，又经过一百年，地球最终成功泊入比邻星的轨道，成为它的一颗卫星。地球进入了新太阳时代，地球的生机得以恢复。

二、末日危机下的人性

科幻小说除了要有科幻，更要有人文。小说《流浪地球》在科幻思维的方式上有重大的突破，甚至超越了阿西莫夫的"银河帝国"系列和诺兰的《星际穿越》，但这还不是全部。刘慈欣在《流浪地球》中着力描写末日到来时人性的变化，带领读者去触摸人与人之间感情的温度变化。他在这篇小说中的探索，其实与他在《三体》中的探索是一致的。

小说中的人物面临着人类生存的长期困境和地球末日的黑暗压迫，人与人之间的感情越来越被冷静的理性取代，其表现往往是极端理性，甚至是冷漠。原著中的主角"我"得知父亲死亡的消息后心里毫无波动，得知妻子加代子在澳洲战场阵亡后也没有展现出任何悲伤——除了"整天喝得烂醉"。而加代子当初选择离开的原因，竟然是在路上遇到"革命"队伍，于是什么也没说，走上前接了一支枪就加入了叛军，甚至没有回头与"我"说句话就离开了。而"我"则加入了与叛军对抗的政府军。父子、夫妻之间的感情像是到了冰点。这其实就是刘慈欣对于末日危机的人性思考。在末日来临的时候，常态化的人性和亲情可能会出现异化。小说的这种描写看似荒诞，实际上包含了刘慈欣对于当今社会的现实思考。现如今的生活过于商业化、市场化，是不是让传统的人际关系，包括邻里关系、亲戚关系都出现了很大的改变呢？小说中，即便是生育这种事都要遵循严格的程序，只有三分之一的夫妻有机会抽中生育孩子的签。"我"和加代子生下的小孩被集中在统一的保育中心，交给机器人抚养。这种婚姻和生育纯属为了繁衍后代，更像是工业化的过程，而非为了亲情和爱情的延续。

读过《三体》的读者就会知道，在地球和宇宙遭遇危机时，刘慈欣更多的是想构建一种新的伦理和社会秩序，那就是所谓的宇宙社会学。《流浪地球》原著中的冷漠叙事，在《三体》中也能找到。

刘慈欣甚至认为在危机状态中过于感性很可能会"坏了大事"。原著第三部分描写民众听信谣言，以为流浪地球计划只是个骗局，所谓太阳氦闪也是骗人的，于是纷纷起义，疯狂进攻政府军。当他们把政府军消灭殆尽之后，太阳氦闪果真发生了。这一部分极具反讽意味。可惜的是，这么浓墨重彩的关键一笔却没有出现在电影之中。读到这里的时候，我不禁想到了法国心理学家勒庞写的《乌合之众》，书中写到在危机状态中群众的理性思维能力可能会降到非常低的水平，极其容易被谣言和激情左右。

当然，原著也并非全然泯灭了亲情。"我"与母亲那生离死别的情节还是非常让人揪心的。地下城遭受到地壳内部岩浆的侵袭，整个地下城即将被高温的岩浆灌满，而逃离到地面的通道却只有一个。根据危机时代的道德准则，年纪小的排在队伍前面，年龄大的排在后面。为什么要按照这种次序排队呢？这是为了满足人类生存的需要、文明延续的需要。这也体现出刘慈欣《三体》中所讲的宇宙公理的第一条："生存是文明的第一需要。"根据这种排队的规则，"我"和母亲不能排在一起，母亲排在了队伍的后头。最后，"我"逃出生天，而母亲却葬身在炽热的岩浆之中。原著中的这一段描写，带给读者的心灵震撼类似于余光中《乡愁》中写的："后来啊，乡愁是一方矮矮的坟墓，我在外头，母亲在里头。"

讲到这里，我们来看一下电影对于小说的改造。原著中危机状态下的人情冷漠局面被电影改写了，人性、亲情在电影中被强化。父子之情、姊妹之情、朋辈之情，还有人类在面对危机时携手应对的团结精神，在电影中都予以了浓墨重彩地刻画。

电影为什么要作出这样的改写？个人认为，这样做的目的就是要在短短两个小时的观影时间内让观众获得一种情感上的强烈共鸣。读小说和看电影毕竟是不一样的，前者是个孤独的个体行为，是一个人的体验；而看电影则是一群人的行为。影院观影的环境更适合酝酿一些共融共通的情愫。从实际效果来看，电影对小说中人性和人情的改写是成功的。

三、三大亮点：希望、回家和中国元素

《流浪地球》在思想主题上有三大亮点，分别是：希望、回家和中国元素。

首先来看"希望"。"希望"可以说是《流浪地球》的一个大主题：即便遇到再大的危机，也不能失掉希望；为了希望要敢于斗胆一试，甚至是拼死一搏。电影中，当地球处在存亡绝续的关键时刻，刘培强毅然决然地选择了牺牲——驾驶飞船撞向木星。这个桥段与电影《无问西东》中的男主角沈光耀曩后驾机撞向日军军舰非常相似。这种个体牺牲的选择，都是为了集体、民族或种族的生存和延续。

原著之中也直接谈论过希望的话题。在"逃逸时代"这部分中，当地球第五次接近近日点时，谣言四起，说太阳的氦闪将吞灭地球。妈妈因此忧心忡忡，爸爸对妈妈说："你听着亲爱的，我们必须抱有希望，这并不是因为希望真的存在，而是因为我们要做高贵的人。在前太阳时代，做一个高贵的人必须拥有金钱、权力或才能，而在今天只要拥有希望，希望是这个时代的黄金和宝石，不管活多长，我们都要拥有它！明天把这话告诉孩子。"

再来看第二大亮点"回家"。前面说过，《流浪地球》拯救危机的方式很特别——带着地球一起逃亡——这种想法有点不可思议，甚至有点"疯狂"，但是这种"疯狂"却又有着中国传统文化的底色。刘慈欣的科幻小说有一种浓郁的乡土情结，"回家"是他作品的一个常见主题。对中国人来说，越是幻想广漠无边的宇宙，越是会怀念我们的根，包括我们的血缘之根和文化之根。

所以正如前面所说，《流浪地球》最大的创意不是末日危机，不是地球即将毁灭，也不是积极拯救地球，而是拯救地球的方式！美国人的小说和电影，从阿西莫夫"银河帝国"系列小说到诺兰的电影《星际穿越》，面对末日危机想到的拯救办法大都是离开地球，让人类到其他的星球上去生存。而《流浪地球》这部小说则是要带着地球去流浪，对地球不离不弃，这就凸显了故园情结和回家主题。

第三个亮点是"中国元素"。除了故事中一些表层的中国元素，譬如上海的"东方明珠"、北京的中央电视台之外，乡土情结和回家主题其实也是"中国元素"。美国的小说和电影中拯救人类的一般都是美国英雄，都是"山姆大叔"。到了《流浪地球》该中国英雄登场了，但这回中国人非常包容，中国人团结了全人类一起来化解危机，这就唱响了人类命运共同体的和谐旋律。这样既凸显了中国元素，又展现了中国人的境界。

《流浪地球》电影上映之后，有不少观众，有些是我的学生，问我：这部电影对中国的电影和文学将会有何影响？其实，电影界和文学界对此已经有了很多讨论。大家都认为这标志着中国科幻电影和科幻小说开始走向世界。对此我完全同意。除此之外，我也相信，以《流浪地球》和刘慈欣的整个科幻小说为起点，中国人看电影和读小说的取向将发生很大的转向。刘慈欣的作品受到热捧，将会吸引更多的中国人去阅读描写科幻、描写未来的作品；也会吸引更多的中国导演去拍科幻、中国作家去写科幻。一句话，电影也好，小说也好，读的人也好，写的人也好，都将会更多地从历史转向未来。

第三辑

· · · · · ·

读**卡勒德·胡赛尼**

《追风筝的人》：
灵魂救赎之路

　　《追风筝的人》对很多人来说并不陌生，它可以说是近二十年来在全球范围内最畅销的小说之一。2007年，导演马克·福斯特将这部小说拍摄成电影，据说其中的很多场景取自中国新疆的喀什地区。

　　这本书的作者卡勒德·胡赛尼，是阿富汗裔的美国作家，1965年出生于阿富汗首都喀布尔，他的父亲是一名外交官。1979年12月，苏军入侵阿富汗，阿富汗国内形势动荡不安，胡赛尼的父亲向美国政府申请政治庇护，随后一家人移民美国。在美国读完高中和大学之后，胡赛尼成为一名执业医生。2003年，胡赛尼发表了他的第一部长篇小说《追风筝的人》，大获成功，一举成名。小说出版之后，连续一百三十一周占据亚马逊畅销书榜首。此后，胡赛尼分别于2007年、2013年出版了《灿烂千阳》和《群山回唱》。这三部小说都是以最近几十年来阿富汗的持续战乱为故事背景的，实际上是一个系列作品。为什么连续三部作品都要写阿富汗的故事呢？这其实反映了作者的母国情结，与作者的童年生活经历相关。

　　《追风筝的人》讲述的是一个关于友谊、背叛、伤害，再到灵魂救赎的故事。两位平凡的阿富汗少年，原本是非常友好、形影不离的小伙伴；然而，有一天却发生了变故。他们之间究竟发生了什么呢？

一、负疚的童年

小说的主人公是两个男孩：阿米尔和哈桑。阿米尔是喀布尔一个大户人家的少爷，而哈桑则是这家仆人的儿子；所以哈桑也就顺理成章地成了小仆人，成了阿米尔的小跟班。小跟班和小主人一起长大，虽然是主仆，但是他们一起玩耍、一起谈心，是一对纯真的好朋友。哈桑对阿米尔非常忠诚，尽心竭力地服侍着他。哈桑还是个放风筝的高手，每次放风筝时，他都会帮阿米尔用风筝去和别人的风筝打架——他可以凭借高超的技艺用自己的风筝在高空中割断别人风筝的线，以便让他俩的风筝遥遥领先，成为飞翔的风筝之王。根据当地放风筝的习俗，被割断了线的风筝不再属于原来的主人，谁能够追到就属于谁。哈桑呢，很机灵，会根据风向和滑行的轨迹提前判断风筝将要坠落的地点，再加上他奔跑速度快；因此，他总是能追赶到风筝，抢到胜利果实。追到风筝之后，这个忠厚的孩子都会把它献给阿米尔，而且，这种奉献是自愿的，发自内心的。哈桑对阿米尔的忠诚和友谊，用小说中的一句话就可以概括："为你，千千万万遍。"

每当少爷阿米尔遇到什么麻烦的时候，哈桑总会毫不犹豫地挺身而出。当时喀布尔有一个叫作阿塞夫的少年，是一个横行当地的恶少。为了追风筝的事儿，阿塞夫准备要教训教训阿米尔。一天，阿米尔被阿塞夫一伙儿堵在了街巷里，眼见就要遭到围殴，这个时候，哈桑掏出了他的弹弓，逼退了阿塞夫一伙。顺带说一下，哈桑还是个弹弓高手，百步穿杨、弹无虚发。当然，阿米尔对自己这位忠诚的小伙伴感到非常满意。

可是，这种纯真的友谊却没有持续下去。

那是 1975 年的一天，喀布尔的孩子们在进行风筝比赛。阿米尔为了博取爸爸的好感，想要夺取冠军——在哈桑的帮助下他如愿以偿。为了能拿到证明阿米尔战绩的"证据"，哈桑拼命地奔跑，想追到第二名的坠落的风筝。朝着风筝降落的方向，哈桑追到了一个狭窄的小巷，而阿米尔已落在他身后三十米开外。这时候，意想不到的事情出现了。恶少阿塞夫一伙，突然出现，并且截住了刚刚捡到风筝的哈桑。这一次哈桑没有带弹弓。阿塞夫控制住了哈桑，并且强暴了他。可怜的哈桑遭受了奇耻大辱，这将是他一生的心理创伤。

然而，更让你想不到的是，那欺凌的场面，其实被少爷阿米尔看到了。他当时躲在围墙的拐角处，偷看到了一切。可是，他却没有挺身而出。或许，他只是没有勇气，所以只能让自己的朋友遭受屈辱而不采取任何行动。

事发之后，善良的哈桑没有对任何人提起这件事情，包括对阿米尔，也没有说过一个字。哈桑还想继续维持与阿米尔的友谊。

可是，有一点也许你想不到，那就是阿米尔的心态已经发生了变化。什么变化呢？或许是因为内心存在羞愧和不安，又不愿意承认，阿米尔对哈桑不仅没有了关爱，反而故意疏远他，和他保持距离。

从心理学的角度来看，内疚是一种常见的道德情绪。这种情绪一般会在个体确实伤害或者意图伤害他人，或者违反准则之后产生。从小说的具体情节来看，阿米尔眼见好友哈桑遭到恶霸的欺凌，没有出手相救，而是选择逃避。这虽然不是直接地伤害了哈桑，但是，因为他没有尽到出手相助的道德义务，所以这其实也产生了伤害的后果。阿米尔的这种行为是由他的胆怯、懦弱还有自私造成的。但要知道，他的小伙伴对他可是无限忠诚、无私奉献。在这种情形下，和常人一样，阿米尔自然会产生内疚的心理。知道内疚，其实未必是坏事，至少表明在他的心中还有善良的底色。

产生内疚后，如何化解呢？两种办法。一种是真诚地向对方道歉，给对方补偿。这在很多时候是能够获得对方谅解的。这样的处理方式，能够让内疚的情绪转化成一种积极的能量，有助于修复，甚至是提升人际关系。另一种办法是，采用掩耳盗铃的方法，佯装伤害没有发生，佯装自己没有任何内疚，有的人还会故意疏远甚至继续伤害对方。这样的处理方式，是最可怕的。显然，我们的主人公阿米尔选择了后一种处理方式。

那一天，家里发生了一件大事，阿米尔的一块手表丢了。最终，表在哈桑的枕头下找到了。哈桑明明知道这是有人栽赃陷害，但是，当阿米尔的父亲来询问时，他却毫不犹豫地承认是自己偷的。仆人的孩子偷了主人家的东西，这是个十分严重的道德问题。就这样，哈桑和他的父亲一起离开了阿米尔的家。这一分别，二人再无联系，几十年后他们才知道，这就是两个少年的永别。

是谁给哈桑栽的赃？没错，就是阿米尔。为了逃避自己的内疚，或者说，为了麻痹内心的不安，他必须想办法让哈桑从自己的身边消失。于是，他选择继续伤害少年时代最珍贵的伙伴、最纯真的朋友，而且装得若无其事。难道他真的能够获得心灵的宁静吗？

二、灵魂的救赎

1979 年，苏军入侵阿富汗。但就像当年美军打越南一样，苏联人在占领国也陷入了泥潭，最后不得不撤军。自此以后，阿富汗各派军阀相互争斗，局势动荡不安，作为首都的喀布尔更是首当其冲，战火纷飞。阿米尔便跟随父亲辗转巴基斯坦，最终移民到美国。临走之前，父亲将喀布尔的别墅委托给一位朋友代为看管。到了美国的阿米尔过上了安宁的生活，他读完了高中，又上了大学，毕业后当了一名医生。他在美国还收获了爱情，与一位来自阿富汗的移民结了婚，过上了安逸的小康生活。父亲去世后，阿富汗的内战与混乱，已成为电视新闻里的画面，离他已经非常遥远了。

然而，生活并不只有平淡。离开阿富汗二十年后，也就是 2001 年，突然有一天，一个电话把阿米尔的视线拉回了从前，拉回了阿富汗，拉回了童年时代的喀布尔。

那是一通什么样的电话呢？

原来，电话是父亲的那位朋友打过来的，约他在巴基斯坦的白沙瓦见面。父亲的朋友向他讲述了哈桑后来的经历。为了找到合适的人看管阿米尔家在喀布尔的老宅子，父亲的朋友找来了哈桑，成年的哈桑便兢兢业业地照看起主人的家业。可是，塔利班接管了政权之后要抢占这座房子，为了保护主人的宅子，哈桑被人开枪打死了，哈桑唯一的儿子被送到了孤儿院。在这里，阿米尔还读到了哈桑生前留给他的一封信。在信中，哈桑不仅追忆了童年的友谊，更对阿米尔的未来生活表达了美好祝愿。

听到这样的消息，读了这样的信，沉睡在心头的内疚被重新唤醒。阿米尔陷入深深的自责中，他的确亏欠哈桑太多了。他决心偿还当年的良心债，拯救自己的灵魂。

然而接下来还有更出人意料的情节反转。哈桑，这个曾经的仆人的儿子，原来是阿米尔同父异母的兄弟。他是阿米尔父亲与女仆的私生子。为了保全名誉，阿米尔的父亲一直保守着这个秘密，直到临死也没有对阿米尔说。父亲的朋友在弥留之际才说出了这个尘封已久的秘密。

阿米尔决定前往阿富汗拯救哈桑的遗孤，也就是自己的侄子。然而，这个小孩此时已经被一个塔利班的头目控制，这个残暴的头目有恋童癖，哈桑的孩子成了他发泄兽欲的对象。而这个塔利班的头目竟然就是少年时代欺负哈桑和阿米尔的恶霸阿塞夫。在与阿塞夫的交涉中，阿米尔遭到了阿塞夫的殴打，几乎丧命，就在千钧一发之际，哈桑的孩子掏出弹弓，射中了阿塞夫的眼睛，两人趁机逃走。最终阿米尔成功地将侄子接到了美国，他和妻子没有生育，侄子成了他们的孩子。这就是小说的结局。

这部小说讲的其实是一场灵魂的救赎。

客观来讲，童年时代的阿米尔在与哈桑的关系中难免有些优越感，因为他们毕竟是主仆关系——一个是少爷，一个是服侍少爷的小跟班。因此，虽然两人之间也有友谊，但是在内心深处，阿米尔将哈桑的忠诚和付出视为理所当然。当他后来知道哈桑原来是他的亲兄弟时，他立马就感受到了良心上的负债；尤其是他回想起自己目睹哈桑遭受强暴而不出手相救，回想起自己为了驱离哈桑而去栽赃陷害，他背负的良心债就越发沉重。当然，为了完成灵魂的救赎，他需要经历漫长的心路历程。在从少年到成年的这十多年间，他有意无意地选择回避和遗忘，这实际上是一种自我麻醉：假装感觉不到痛，但其实痛并没有消除。直到得知哈桑的身世后，他才又感受到了灵魂上的痛。最后，通过寻找、拯救和抚育哈桑的儿子，他获得心灵的些许安宁。这就像主人公自己所说的："我很高兴终于有人识破我的真面目，我装得太累了。"良心的债，如果没有主动去偿还，去弥补，终究是一种沉重，即便是外表再怎么装着安然坦然。

　　试想，在我们的童年，在我们的人生经历中，我们对我们的亲人、我们的朋友，有没有做过愧疚的事情呢？如果有，我们坦诚过吗？我们主动救赎过吗？

　　有人说，小说中救赎的主题是受到了基督教文化的影响。我承认基督教以及很多宗教都有救赎的教义，但是，心灵的救赎其实是人类最普遍的一种心理。很多时候，没有救赎，我们将无法安放自己的心灵。记得很多年前，读过一篇三毛的文章，是谈愧疚的。三毛说，心怀愧疚或许解决不了问题，可是没有愧疚，就是个问题。这话说得真好。三毛还说，要消除自己的愧疚，解铃还须系铃人。阿米尔要消除自己的愧疚之心，还得靠自己这个"系铃人"完成自我救赎。

　　小说甫一出版就触动了每个读者心灵深处最隐秘的痛，因此它能够唤起全球读者的普遍认同。可以说，小说的故事虽然取材于阿富汗人，但是其表现的情感确是跨越地域、跨越民族的。

　　或许，这就是《追风筝的人》能够成为风靡全球的畅销书的内在原因之一。

　　风筝，作为一种意象，进入小说的题目，也经常出现在小说的文字之中。这有何象征意义呢？

事实上，风筝和追风筝具有两层含义。在主人公少年时代，风筝是自由与友谊的象征，追风筝的人是哈桑；成年以后，风筝成了灵魂救赎的象征，追风筝的过程就是自我救赎的过程，追风筝的人成了阿米尔。胡赛尼喜欢运用一些轻盈、飘动的意象作为自由与梦想的化身，在本书中风筝就是这样的一个运用。他的另一部小说《群山回唱》运用了另外一个意象，那就是羽毛，彩色的羽毛。那些轻盈、飘动的羽毛，不仅是兄妹之情的见证，更寓意着对美好未来的期盼。

三、阿富汗之殇

《追风筝的人》为什么能够成为万众瞩目的畅销书？在前面的解读中，我们谈到了救赎主题是这部小说成功的内在原因之一。当然，很多人还会谈到胡赛尼细腻的文笔、高超的叙事技法，还有结构上的反转艺术……这些都是小说得以成功的因素。然而，有一个原因大家却较易忽视，或者说谈得不够透彻，那就是小说发生的背景地——阿富汗。阿富汗这个国家的苦难和神秘，应当说是构成这部小说成功的一个外部原因。对此，又可以从两方面来看。

一是从故事题材本身来看。由于作者写的是战乱中的阿富汗故事，这使得小说具有强烈的现实主义色彩。在小说的叙事过程中，作者又十分注重将小说中的人物、事件时不时地与阿富汗的政局变化进行对应，提醒读者把握时代变迁的轨迹。一些时局变化的标志性事件，在小说中都会或明或暗地提及。举几个例子吧：

1973 年，穆罕默德·达乌德·汗等发动政变，在阿富汗斯坦推翻帝制建立共和国。

1979 年，苏联入侵阿富汗，扶持亲苏的傀儡政权上台。

1996 年，塔利班占领喀布尔，建立了政教合一的阿富汗伊斯兰酋长国，实行独裁专制统治。

2001 年，美国本土遭到"9·11"恐怖袭击，纽约世界贸易中心的双子塔被飞机撞毁，美国的国防部五角大楼也遭到了袭击。紧接着，为了缉捕美国认定的恐怖分子头目本·拉登，以美国为首的联军进入阿富汗。

以上这些标志性的事件及其发生时间，在小说中都有清晰的交代，其实这也构成了小说的一个时间表。由此不难看出，这部小说的现实性非常强，深刻反映了战乱给阿富汗百姓带来的深重灾难。所以说，小说的反战主题也是非常突出的。从某种意义上来说，这部小说展现的是阿富汗之殇。再扩展说一句，其实胡赛尼出版的三部小说《追风筝的人》《灿烂千阳》《群山回唱》都是反映当代阿富汗现实的，展现的是阿富汗之殇。中国人在谈论文学时，经常会提到这样一句话，叫作"国家不幸诗家幸"。什么意思？这就是说，国家遭受灾难和不幸的时候，往往是诗人们最幸运的时候；因为，这个时候往往会产生很多经典的诗词作品。你想想，历史上的南唐后主李煜，还有宋代的陆游、辛弃疾、李清照等著名诗人词人，他们的很多优秀作品都是在国破家亡的时候写出来的。与此相仿，胡赛尼的小说也是阿富汗战乱和伤痛的产物。只不过，具体写作的时候，胡赛尼本人已经移民到了美国。

　　二是从小说传播的环境来看。阿富汗的战乱背景无疑为小说的传播起到了"背书"作用。可以说最近几十年，阿富汗的时局一直是世界新闻的热点，全球各大通讯社和新闻机构，美联社、路透社、法新社、新华社，还有BBC、半岛电视台、中国中央电视台，等等，都在持续报道阿富汗的局面。1979年苏军入侵阿富汗，以美国为代表的西方阵营，一直在报道苏军的"野蛮行径"。苏军撤退以后，阿富汗的圣战组织、塔利班等各派政治势力你争我斗，这里继续成为新闻热点的追踪地。2001年"9·11"事件之后，美军对阿富汗发动反恐战争，缉拿本·拉登，直到2011年本·拉登才被美国的海豹突击队击毙。这段时间，各国媒体对阿富汗的报道更是保持着相当高的热度。世界各地的人们，包括咱们中国人，可以说几乎天天都在通过各种媒体收看或者收听阿富汗的消息。

　　人们如此关注阿富汗，可是，又有几个人真正去过阿富汗呢？阿富汗是咱们的邻国，可是有几个中国人去阿富汗旅游过呢？你会去吗？显然不会。谁都怕丢了小命。万一不巧碰上个自杀式袭击，或者火箭弹爆炸，那可不是闹着玩的。

　　这样一来，对于世界各国的人们来说，阿富汗就成了一个既熟悉又陌生的存在。人们成天收看相关它的新闻，可是却极少有人到访过阿富汗。如此一来，阿富汗的神秘感就来了，这就包括对它的宗教、政局的神秘感，对老百姓实际生活状况的神秘感。胡赛尼《追风筝的人》描写的正是阿富汗普通百姓生存和生活的状况，这恰好满足了人们想要了解阿富汗的心理需要。换句话说，全球媒体持续多年对阿富汗动乱的关注和报道，在客观上为胡赛尼的著作作了最大最好的背景宣传，而且这种宣传是免费的。

　　最后我们来小结一下。在本期的解读中，我们介绍了胡赛尼的生平和小说《追风筝的人》的主要情节，重点讲述了主人公阿米尔从背叛、伤害友谊走向灵魂救赎的心路历程，还有风筝这个意象的含义；随后我们分析了胡赛尼小说之所以获得成功的原因。《追风筝的人》就分享到这里。接下来，我们还将解读胡赛尼的另一部小说《灿烂千阳》。

《灿烂千阳》：
布卡笼罩下的眼睛

出版于 2003 年的《追风筝的人》是卡勒德·胡赛尼的处女作。这部作品问世后广受好评，获得各种新人奖，并蝉联亚马逊排行榜一百三十一周之久。2007 年，在万众期待中，胡赛尼出版了他的第二部长篇小说《灿烂千阳》。如果说《追风筝的人》是胡塞尼在当代世界文学中的处女秀，还稍显稚嫩，那么《灿烂千阳》的出版则标志着他已经从一位新人作家成长为一位万众瞩目的成熟作家。

一般来说，一位作家的处女作获得巨大成功之后，读者对他的后续作品会有一种矛盾心态，那就是既期待又担心。期待可以理解，担心什么呢？担心他后继乏力，第二部不如第一部好。但是，胡塞尼没有让喜爱他的读者失望。他是一位很有人气、很有热度的作家，可是他并没有刻意地趁人气旺时多出书。从 2003 年出版第一部作品直到 2018 年，十几年的时间里他只出版了三部小说——这个节奏在我看来刚刚好——而且每一部都堪称精品。他不像有些作家，趁人气，趁热度，一味追求高产，几乎每年都出版一部长篇，这样的速度必然导致作品质量良莠不齐。相比《追风筝的人》，《灿烂千阳》有传承，更有创新，且其笔法更加圆熟，叙事更加老练。《灿烂千阳》也被认为是女性版的《追风筝的人》。

为什么会有这种说法呢？让我们开始我们的解读。

一、悲惨世界里的两位女性

《追风筝的人》的主人公阿米尔和哈桑是两位阿富汗男性，而《灿烂千阳》的主人公则是两位阿富汗女性：玛丽雅姆和莱拉。胡赛尼曾说，在《追风筝的人》出版之后，他就非常想写一部反映阿富汗妇女生存状况的书，希望这本书能让世人认识到阿富汗传统妇女的深度、细致与情感。读完《灿烂千阳》之后，我觉得胡塞尼做到了，而且做得很精彩。

小说的第一位女主人公叫作玛丽雅姆，出生在阿富汗赫拉特的一个村庄。赫拉特省是阿富汗的一个偏远省份。玛丽雅姆从出生的第一天开始就受到歧视。为什么会这样呢？这不仅仅因为她是一位女孩，更因为她是一个私生子，也就是阿富汗语说的"哈米尔"。她是父亲与女仆偷情的结果，是不伦之情的产物。因此在世俗的眼光中，她是带着原罪降生的。玛丽雅姆的父亲在当地算是个中产阶级，开办有电影院，也有自己的别墅，而且娶了三房妻子。要知道，在阿富汗多娶老婆也是财富与地位的象征。可是，当私生子玛丽雅姆降生之后，一是为了保护自己的名声，二是迫于来自另外几位明媒正娶的妻子的压力，父亲只好将玛丽雅姆和她的母亲安置在郊外一座简陋的泥巴屋里生活。不过，父亲似乎还有一点亲情，还会隔三岔五地去看望一下玛丽雅姆。十四岁那一年，玛丽雅姆想让父亲带自己去看电影，父亲答应了，却在约好的日子食言。玛丽雅姆想去父亲在城里的别墅找他，遭到母亲的强烈反对。最后玛丽雅姆还是去了别墅，可是父亲却始终没有给她开门。玛丽雅姆失望地回到泥巴小屋，却发现母亲已经上吊自杀。孤苦伶仃的玛丽雅姆这才被接到父亲家中。

也许你会想，从此玛丽雅姆要过上幸福的生活了吧？！

可玛丽雅姆没有那么幸运。几天之后，父亲和他的三个妻子将她嫁给了喀布尔的一个鞋匠。这个鞋匠已经四十多岁，结过婚，有个儿子但已经夭折。玛丽雅姆被迫远嫁他乡，而这时候她才年仅十四岁，那个鞋匠比她大三十多岁。多次流产之后，玛丽雅姆丧失了生育能力，在鞋匠眼中，她成了一个不中用的废物。从此，谩骂、殴打、折磨成了玛丽雅姆的生活常态，她的那个"家"几乎就是一个魔窟，令人压抑，令人恐怖。

这样黑暗的生活持续了十多年，小说的另一位女主人公，准确地说是一个女孩，才突然走入玛丽雅姆的生活。那女孩就是莱拉。莱拉此时才十七八岁。为什么说是"突然"呢？原来，莱拉与玛丽雅姆是生活在同一街道的邻居。虽是邻居，但是两人此前并无多少交往。一是因为玛丽雅姆的鞋匠丈夫特别凶横，禁止妻子随便与人交往——没有他的陪同不能随便外出，外出必须要穿上布卡。布卡，就是那种能将女性从头到脚都遮盖起来的罩袍。二是因为莱拉一家的条件相对比较好，其父亲母亲都是有一定文化的人。莱拉的父亲读过大学，当过教师。对比起来，莱拉的童年是比较幸福的，除了物质条件比较好之外，她还接受了正常的学校教育，也能与邻居和同学一起玩耍。她的父亲希望女儿能成为一位知识女性，今后能够和男性一样参与阿富汗的建设。如果不是阿富汗持续的动荡和战争，莱拉应该会有一个美好的未来，她很可能会与青梅竹马的邻家男孩塔里克结婚，组成幸福的家庭。

然而天有不测风云，就在他们一家准备逃离喀布尔的前夜，他们家被一枚火箭弹击中，莱拉的父母亲被炸死。从此，这个女孩的命运发生了一百八十度的大转变——她成了一个孤儿，而且身负重伤。在这个时候，鞋匠和玛丽雅姆救了她。可是不久后，鞋匠动了歪心思。他乘人之危，逼迫走投无路的莱拉做了他的妻子。与此同时，还有人专门来告诉莱拉一个消息：她的恋人塔里克已经病死在巴基斯坦的难民营中。此刻的喀布尔，各派军阀正在混战，这个国家到处都是杀戮、抢劫和强奸。在这种情形下，举目无亲且身受重伤的莱拉不得不答应鞋匠，做了他的妻子。与对待玛丽雅姆一样，鞋匠也要求莱拉外出必须穿上布卡，不得与其他任何男人说话。莱拉第一胎生的是个女孩，可生男孩才是鞋匠的愿望，于是莱拉母女也遭到了鞋匠的嫌弃，谩骂与殴打成了家常便饭。

玛丽雅姆原本对莱拉充满了排斥和忌恨，因为在她看来，莱拉的加入恶化了她在家庭中的处境，丈夫更加鄙视她、羞辱她。可是后来，在面对家庭暴力的过程中，共同的不幸让这两个女人的心走近了，她们成为知心交心的朋友。玛丽雅姆比莱拉年长十多岁，两人的情感如同母女。

最后，也是最严重的一次暴力，出现在小说的结尾。莱拉意外见到了她的恋人塔里克，而在这之前她以为塔里克已经死在了难民营——鞋匠的谎言被揭穿。当鞋匠得知这一消息后，对莱拉死命地殴打，掐住莱拉的脖子，正当莱拉要窒息身亡的时候，玛丽雅姆做了她一生中最重大的一个决定：用铁锹猛地砸死了鞋匠，这个她和莱拉共同的、所谓的"丈夫"。这起"杀人案"案情明了，塔利班判处玛丽雅姆死刑。在很多读者看来，残暴的鞋匠是死有余辜，玛丽雅姆不该受到这样不公平的审判。

然而在当时那个社会，玛丽雅姆注定是死路一条。玛丽雅姆坦然地接受了死刑，她觉得杀死鞋匠是她一生中做得最正确也最有意义的一件事。她用自己的牺牲换取了莱拉的幸福——莱拉终于能和塔里克结婚，过上幸福的生活。

二、从水火不容到相濡以沫

《灿烂千阳》在结构上有一个特点，那就是采取先分后合——先写分传再写合传的模式。何为分传，何为合传呢？小说共分为四部分，第一部分是玛丽雅姆的传记，主要写她在童年时因为私生子身份而备受歧视，最后被迫远嫁喀布尔，坠入婚姻的魔窟。第二部分写的是莱拉的传记，主要写她幸福的童年生活，以及战争如何毁了她的家庭。前面说过，在喀布尔，玛丽雅姆和莱拉虽然是住在一条街道上的邻居，可是实际生活中却并没有什么交集；所以前面两部分是两人各自独立的传记。第三部分是两人的合传。莱拉被迫嫁给鞋匠拉希德，成了他的另一位妻子，玛丽雅姆和莱拉从此生活在同一个屋檐下，忍受着来自同一个男人的家庭暴力。这一部分有着全书的关键情节，写得最为精彩。第四部分算是故事的尾声，描写莱拉与失散多年的恋人有情人终成眷属，莱拉去赫拉特省寻访玛丽雅姆童年生活的印记。

这种先分后合、先写分传后写合传的结构方式并不新鲜，在一些小说和影视作品中不难找到。中国古代四大名著中的《水浒传》采用的就是这种模式：前面七十回是各个英雄好汉各自的传记，他们一个个接续登场，像鱼咬尾一样，鱼贯而入，一个个被逼上梁山；七十回之后一百零八条好汉基本聚齐，于是就开始了对他们的群体描述，反贪官、斗官兵、被招安、征方腊，这就是合传了。

再回到《灿烂千阳》。为什么说它的第三部分最为关键，也最为精彩呢？这不仅是因为故事的高潮出现在第三部分，更是因为在这一部分描写了两位女性从水火不容到相濡以沫的演变过程——两人从敌对排斥走向包容和解，最终情同母女。鞋匠拉希德为了占有落难的莱拉，不仅是乘人之危，而且使用了极不道德的欺骗手段。他让一位自称来自巴基斯坦的男子告诉尚在养伤的莱拉，她的恋人塔里克在难民营病死了。此刻的莱拉已经怀上了塔里克的孩子，又对逃出阿富汗彻底绝望，在这种情况下，她只好答应拉希德做他的妻子。先前一直照料她的玛丽雅姆立马感受到了新的威胁。因为莱拉年轻漂亮，而且还会生育，而这两点对于玛丽雅姆来说都已经失去了。因此，在相当长一段时间内，玛丽雅姆一直是敌视莱拉的，对她充满了嫉恨，而莱拉也无法理解玛丽雅姆的心灵世界。直到有一天，当拉希德用皮带猛抽玛丽雅姆，几乎要置她于死地时，莱拉拼死护住了玛丽雅姆。从此，玛丽雅姆改变了对莱拉的态度。

莱拉因为第一胎生了一个女孩，就遭到重男轻女的拉希德的嫌弃。玛丽雅姆开始主动帮助莱拉抚育这个可怜的孩子。两位不幸的女性，面对共同的家庭暴力和共同的生存困境，终于携起手来互相同情、互相支持。小说中有一个细节，莱拉生第二胎的时候难产，需要动剖宫产手术，玛丽雅姆急坏了，看那情形，她已经是将莱拉当成了自己的女儿。从敌对仇视到握手言和，到情同姐妹，到情同母女，这是两位女性情感的转折与升华，也是她们的自我救赎、自我成长。

小说涉及无数次家庭暴力，但只重点写了两次，这两次都是两人共同面对的。第一次是莱拉带着孩子和玛丽雅姆出逃，结果失败，两人都遭受了鞋匠的毒打。第二次是在拉希德得知莱拉见到了塔里克，识破了自己的谎言后，莱拉遭到了毒打。正当莱拉就要被掐死的那一刻，玛丽雅姆用铁锹砍死了这个残暴的男人。为了莱拉的生命安全和未来的幸福生活，玛丽雅姆果断地选择了牺牲自己，慷慨赴死。两位女性的这种相互扶持、彼此保全的精神令读者感叹不已。

三、布卡笼罩下的那双眼睛

《灿烂千阳》是一部关注女性命运的小说。这部小说让我们读懂了隐藏在布卡和面纱之下的那些忧虑而深邃的目光，读懂了阿富汗女性的命运和心灵。由于受宗教和文化背景的影响，阿富汗的女性出门必须穿遮挡脸部和其他身体部位的罩衫，仅仅露出两个眼睛。这种服饰，就是小说中经常提到的布卡。两位女性的悲惨遭遇，反映了阿富汗妇女的普遍生存状况，而且这种状况到今天依然没有获得改善。《灿烂千阳》是一部写实主义的作品，它所反映的社会问题，具有很强的现实意义。在我看来，让阿富汗人民，尤其是妇女生存状况持续恶化的原因是多方面的。

首先，来说战争因素。胡赛尼的三部小说，主题都是反战的。

如果从 1979 年苏军入侵算起，阿富汗已经持续战乱四十多年，其间经历了圣战组织、塔利班等各派力量的互相争斗，你方唱罢我登场；后来又有美国对塔利班和基地组织发动的反恐战争；直到今天，阿富汗人民依旧没有获得稳固的和平，各种袭击时不时地会出现在喀布尔的街头。战争让不少家庭支离破碎，给人们留下无法弥合的创伤。小说中莱拉的恋人塔里克就是因为炸弹而丢掉了一条腿，莱拉的两位哥哥在反抗苏联的战争中牺牲，莱拉的父母被军阀混战的火箭弹炸死。战争让无数的阿富汗人流离失所，沦为难民。难民与移民也是小说反映出的一个现象，数以百万计的阿富汗难民涌向邻国巴基斯坦，也有很多人谋求通过白沙瓦移民他国。这些情节描写在《追风筝的人》和《灿烂千阳》中都有。

其次，来说男权制度。阿富汗是一个典型的男权社会。由于缺少受教育和工作的机会，妇女的社会地位和经济地位普遍低下，男子在社会和家庭生活中占据着绝对的优势地位。根据当地的法律，男子最多可以娶四个妻子，也就是说一夫多妻在这个国家是较为常见的现象。

小说中玛丽雅姆的父亲就娶了三个妻子，鞋匠拉希德也先后娶过三个妻子。在家庭生活中，妻子就是丈夫的私有财产，她们只是男人的性对象和仆人。鞋匠拉希德对待玛丽雅姆和莱拉非常专制、残暴，对她们实施的家庭暴力令人发指。举两个细节作为例子吧。有一次，拉希德借口饭菜不好吃，将一把石子塞进玛丽雅姆的嘴里，硬是逼着她把石子吞进肚子里。拉希德喜欢用皮带抽打他的两位妻子，打的时候，他会将皮带的末端，也就是打了洞眼的那一段缠在手上，然后用皮带头来抽打对方，让铁制的皮带扣将对方打得皮开肉绽。从这两个细节，你可以感受到家庭暴力到了何等恐怖的程度。两位女主人公的生活，可谓暗无天日。

在现实生活中，阿富汗妇女遭受家暴的现象也是普遍存在的。根据联合国人口基金会的统计，百分之八十七的阿富汗妇女遭受过至少一种形式的暴力，百分之六十二的妇女遭受过多种形式的虐待。在阿富汗，女性没有婚姻自由，很多女性被强迫结婚，甚至被迫早婚。据联合国儿童基金会的数据显示，三分之一的阿富汗女孩在十八岁之前结婚。这一点在小说中也有反映，玛丽雅姆年仅十四岁就被迫嫁给了鞋匠拉希德。这个年龄，几乎还是幼女，在咱们国家这个年龄的孩子大多还在读初中。正因为如此，阿富汗妇女的心灵创伤就会很多，小说中两位主人公所遭受的肉体和心灵的双重创伤，足以让读者抹泪。根据世界卫生组织的数据，全世界自杀的男性比例比女性要高。但是大量的阿富汗女性患有抑郁症，妇女自杀的比例相当高，有些地区女性自杀事件可能占到所有自杀事件的百分之七十以上。从这儿可以看出阿富汗女性的生存状况是何其糟糕。我想，这也就是胡赛尼写《灿烂千阳》的原因，是一种道德责任的驱动让他想以小说的形式呈现出阿富汗女性的灾难与不幸。有人说，这部小说堪称是阿富汗妇女的忍耐史；我想，这更是一部女性的不幸史和痛苦史。因此，这部小说的最大主题就是，妇女生存和发展的权利问题，这是一部典型的女权主义小说。

比较而言，现在生活在中国的女性应该是无比幸运的了。女性在当代中国，享有与男子同等的法律地位。事实上，在社会生活的各个领域，我们都可以看到女性的身影。虽然在某些人的头脑中还残留着男尊女卑、重男轻女的观念，在就业、家庭等方面也还存在事实上的某些不平等；但是，女性通过自身的努力完全可以实现自己的个人价值。作为当代女性，要想在事实上拥有与男性平等的地位，有一点非常重要，那就是应该做到自立、自信、自强。

应该说，是作者胡赛尼让全世界的读者看懂了阿富汗妇女布卡掩盖之下的那双忧虑而深沉的眼睛。这双眼睛里，隐藏着忧愁、怨愤、悲伤和渴望，也隐藏着一丝微弱的希望。现实尽管黑暗，希望是不能灭绝的。小说结尾，主人公莱拉和塔里克有情人终成眷属，两人一起回到了喀布尔，在一所孤儿院中帮助和教育那些可怜的孩子们，这也许就是主人公生命中的一缕亮光，也是阿富汗的一线希望。说到这里，也许你就明白了小说的题目为什么要叫《灿烂千阳》。《灿烂千阳》的书名，取自于一首赞美喀布尔的古诗。尽管黑暗与严寒无边无际，阿富汗的妇女和阿富汗的人民依然没有放弃希望；因为，他们相信在痛苦与黑暗的高墙之外，还会有一千个灿烂的太阳，温暖与阳光终将到来。

第四辑

· · · · · ·

读 余华

《活着》：
活着本身就是一种使命

　　余华的作品《活着》，对很多中国读者来说，恐怕比胡赛尼的《追风筝的人》《灿烂千阳》还要耳熟能详。

　　余华出生于1960年,浙江杭州人,是当代最著名的作家之一。他呢, 不算是个高产作家, 他很有质量意识。《活着》出版于1993年, 后来相继又有《许三观卖血记》《在细雨中呼喊》《兄弟》《第七天》问世, 至2019年余华总共出版了五部长篇小说,且都是比较畅销的小说。

　　就余华的创作生涯而言,《活着》这部小说非同一般, 它标志着余华写作风格的重大转向。1990年代以前, 余华走的是先锋派的路子。什么是先锋派？简单地说, 就是不按照传统的方式讲故事, 也不讲述传统的故事。他在20世纪80年代发表的一系列中短篇小说, 从《十八岁出门远行》到《难逃劫数》,再到《鲜血梅花》,讲述的故事都充满了血腥、暴力和死亡,展现了人性的恶和社会的黑暗。从《活着》开始, 余华开始回归传统,即便是描写死亡和不幸, 也要展现人性的光芒和活着的希望。

　　余华的作品不仅在国内有很大影响, 在世界上也屡屡获奖。目前他的作品已经被翻译成英、法、德、日等多国文字在国外出版。无论是在国内还是在国外, 如果要问读者余华最具代表性的作品是哪一部, 读者们最有可能给出的答案是《活着》。余华本人也曾笑言："我靠《活着》而活着。"

那么，《活着》这部作品究竟讲了一个什么样的故事？

一、最悲惨的故事，最冷静的笔调

《活着》这部小说讲述的是一个极为悲惨的故事，但是，它的笔调却冷静而平淡。这是我读完这部小说之后的第一感受。为什么说极为悲惨？小说的主人公叫作徐福贵，福气的福，尊贵的贵，这是早些年中国老百姓最常见的一个名字，寄托了人们对子孙大富大贵的期望。可是这个福贵除了年轻时过了一阵好日子外，后来的大半辈子用一个字来形容叫作"苦"，用两个字来形容叫作"悲惨"。富贵出生在解放前，年轻的时候日子过得很是风光。他呢，算是个纨绔子弟，祖辈是当地有名的大地主，虽然到了他父亲这一辈稍微有所衰落，但是家底还是很丰厚。家里有很大的宅子，有一百多亩田地，雇了好几个长工，还有很多佃户，每年能够收很多租子。人们都管他父亲叫老爷，管他叫少爷。可是这个福贵少爷，不好读书，游手好闲、吃喝嫖赌，可谓是五毒俱全。有一段时间，他没日没夜地迷恋上了赌博。父亲、岳父，还有老婆轮番劝诫，但结果是九头牛都拉不回。后来，福贵在赌场遇见一个赌博的高手，名字叫作龙二。这个龙二在赌场上混了多年，是个抽老千的高手。

最开始的时候，龙二故意让福贵小赢，这其实使的是"诱敌深入"的策略。尝到甜头的福贵，越赌越上瘾，逐渐开始输钱。现钱输完了，慢慢开始赊账，抵押了房子又抵押田地，每次输了都先记账。记账的次数多了，福贵自己都记不清输了多少。最后一次豪赌，龙二事先做了充足的准备。那天，二人从早上一直赌到半夜。关键时候，龙二叫跑堂的："给徐家少爷拿块热毛巾来。"说时迟，那时快，就在福贵擦脸的一瞬间，龙二把骰子换了，换了个做了手脚的骰子。这样龙二就可以操纵骰子的点数。说到这儿，这场豪赌的结局你自然就猜到了，福贵输了。福贵输得很惨，惨到他个儿都没想到。当他要求记上账，再继续赌的时候，龙二不干了。龙二得意地说："不能再让你赊账了……再赊账，你拿什么来还？"原来，把这些日子福贵赌输的钱加起来一算，他已把他家的大宅子连同一百多亩田地都输光了。可怜的福贵，这才如梦初醒，但为时已晚，他已经倾家荡产了。一夜之间，他家从富裕之家变成了赤贫之家。

这个打击如当头棒喝，亦如一瓢冷水，使福贵清醒过来，决定重新做人。从此他成了佃户，租种着过去属于他家的田地，穿上粗布衣服，拿起了农具。

不久福贵的母亲生病了，他拿了家里仅剩的两块银元，去城里请医生。可是在城里发生了意外：他被国民党军队抓了壮丁。辗转两年，最后他被解放军俘虏并释放了，他"跟在……解放军屁股后面"，过了长江，回到了家乡。这时，他的母亲早已故去，女儿凤霞也在一次高烧后成了聋哑人。

为了供儿子上学，他把女儿送给了别人。可不久后女儿跑了回来，全家重又团圆。平静的日子没过多久，县长的老婆生孩子需要输血，血型相合的儿子被一不负责任的大夫过量抽血导致死亡。后来福贵发现县长竟是他在国民党军队时的小战友春生——春生在后来的"文革"中禁不住迫害，悬梁自尽。凤霞长大后终于嫁了个忠厚勤劳的好女婿，眼看光景就要好转了。可是凤霞在生儿子苦根时因产后大出血而死。两个孩子死去后，福贵的妻子家珍也因为疾病和饥饿撒手人寰。只剩下福贵和女婿二喜、外孙苦根祖孙三代相依为命。几年后，做搬运工的女婿二喜又被倒塌的建筑物砸死。于是，福贵便把小外孙苦根接到了乡下和他一起生活。不久，由于饥饿，苦根偷吃了太多的豆子，结果被撑死。就这样，福贵成了孤苦伶仃的老头。为了种田，也为了打发寂寞，他用所有的积蓄买了一头即将被宰杀的老水牛，给它取名"福贵"。从此，他以牛为伴，一个人平静地生活了下去。

福贵的亲人们死的方式各有不同，但相同的一点却是，这都是人间的悲剧。要知道，这些人的死，并不完全是因为天灾，更多的是因为人祸。

福贵的一生经历了中国历史上的很多重大事件，如解放后的土地改革、建立人民公社制度、大炼钢铁、三年困难时期、"文革"等等，这些都通过主人公的视角而得以呈现。

小说讲述了福贵悲惨的一生，可是小说的笔调却是冷静和平淡的。作者没有用大悲大痛的语句，没有用激烈夸张的句子，不温不火，娓娓道来。福贵在讲述自己的种种不幸经历时，就像是在讲述别人的故事，似乎有着旁观者一般的平静、从容。为什么要将不幸和痛苦写得如此平静如水呢？大约是为了让读者看到老人在历经磨难之后的韧劲，在看透人生之后的淡定。

二、"活着"的意义

《活着》这部小说不仅笔法非常平实，情节也并不复杂，甚至够得上"简单"二字；篇幅也不长，十三万字，精力集中的读者花一两天的工夫就可以读完。小说采用的是单一线性结构，按照时间的先后次序来讲故事。这其实是余华在写作上的一次回归。为什么这么说呢？在20世纪80年代，中国的小说创作领域出现了一股文学潮流，评论界称之为"先锋文学"。余华和苏童、格非、马原、孙甘露等人就是其中的代表。这个文学流派有何特点呢？最大的特点就是反传统。他们刻意打破传统的叙事模式，故意反常规、反传统，不喜欢按照时间线索来讲故事，不把深度刻画人物作为重点，而是采用象征、隐喻、联想和意识流的手法来写小说。在一段时间内，先锋文学以形式的狂欢、语言的狂欢给读者带来了喜悦，获得了读者的青睐。可是一段时间之后，人们开始反思先锋文学了，一味的形式上的创新，为创新而创新，为反传统而反传统，结果是走向了另一个极端，丧失了小说叙事本身的意义。于是，从20世纪90年代开始，这批作家中的很多人开始返璞归真，余华就是其中的一位。《活着》这部小说，最大的特点就是平实，老老实实地讲故事，本本分分地讲故事，让小说的叙事回归到传统，回归到平常。所以说《活着》这部小说是余华在创作上开始从先锋转向，回归传统的标志。

　　既然回归了传统，回归了平常，也许你会问，那这部小说究竟还有何价值呢？这个问题本身就很有价值。事实上，《活着》这部小说的价值不在于艺术形式、写作技法上的创新，而在于其所要表达的主题思想。说得具体一点，就在于它提出了对人生的基本问题"活着"本身的思考。

　　人为什么活着，活着是为了什么？这是一个常见的问题，常见到很多时候被人们忽略。这是一个生命命题，也是一个哲学命题。就小说文本而言，我想，最值得说的有两点，一是对"活着"意义的探寻，二是对人生相对论的参悟。

人为什么活着？如果拿这个问题去询问你身边的人，大约你会得到五花八门的答案。有的人会往高大上说，为了实现个人理想和价值；有的人会说得接地气，为了感恩父母、养儿育女；有的人可能会傻了眼，认为你问这样的问题本身就是犯傻，因为在他们看来，何必要有此一问呢？其实呀，对这个问题，小说给出了自己的回答。那就是作者所说的"人是为活着本身而活着的，而不是为了活着之外的任何事物所活着"。听到这话，也许你会觉得，这样的回答也太平淡、太实在了吧！是的，但平淡的话语往往表现的却是最深刻的思考。难道不是吗？思考活着的意义，我们容易走向两种片面：一种是把活着的意义想得很伟大，把很多额外的东西附加在上面，让生命变得很沉重；一种是把活着的意义想得很轻盈，很虚无，甚至根本就不去想。国内外很多作家都喜欢通过小说的形式探讨生命的哲学意义。捷克著名作家米兰·昆德拉以写哲理小说而闻名于世，他有一部很有名的书，相信你一定不会陌生——是的，就是《生命不能承受之轻》。在这部书中，米兰·昆德拉借助故事着重探讨了生命的轻与重。理想与现实，犹如天平的两端，在每个人的心里上演着轻与重的反复博弈。在艰苦和黑暗的岁月中，往往信仰轻如鸿毛，生活沉重如山。生活的最后一根稻草，也能压垮信仰的骆驼。相对于米兰·昆德拉，余华对活着的意义采取了一种中道的回答，既不取其轻，也不取其重，他反对那些对活着意义的无聊的、无原则的附加。小说中的主人公身处战乱和贫困的年代，人生的不确定性非常大，能够活着就是一种幸运。小说中有一句非常经典的话："没有什么比时间更具有说服力了，因为时间无须通知我们就可以改变一切。"看惯了生死，习惯了，时间长了，也就接受了苦难，接受了平庸。活着，本身就是一种忍耐，也是一种无言的刚强。在给韩文版写的自序中，余华说：这部作品的题目叫《活着》，作为一个词语，"活着"在我们中国的语言里充满了力量，它的力量不是来自喊叫，也不是来自进攻，而是忍受，去忍受生命赋予我们的责任，去忍受现实给予我们的幸福和苦难、无聊和平庸。

小说的主人公福贵，经历了种种不幸，却依然平淡地活着，他有着一种不张扬的忍耐力、一种低调的生命力。他讲述自己的遭遇，就像讲述别人稀松平常的故事一样。小说中福贵的妻子家珍，对他不离不弃，两人相濡以沫度过了很多艰难时光。家珍病逝以后，小说有这样一段描述：

福贵微笑地看着我，西落的阳光照在他脸上，显得格外精神。他说：

"家珍死得很好，死得平平安安、干干净净，死后一点是非都没留下，不像村里有些女人，死了还有人说闲话。"

乍一听到这段，你是不是会感到有些奇怪？怎么会用这样的语气讲述亲人的死亡呢？似乎没有痛苦，没有伤心，这是不是有点没心没肺呢？其实呀，如果你一旦深入小说的语境，对于这样平淡，甚至还面带微笑地讲述死亡，也就理解了。福贵的亲人一个个离他而去，再加他看惯了那个年代底层百姓的种种非正常死亡，他已经将贫困、灾难和死亡看成平常事；但难能可贵的是，他始终也没有放弃活着的信念。他以极平静的语调描述十多年前妻子去世时的情形，给予亡妻最高评价，这背后是他对妻子的无尽怀念。

曾经有外国读者向余华提了这样一个问题：为什么您的小说《活着》在那样一种极端的环境中还要讲活着而不是讲幸存？活着和幸存的微妙分界在哪里？余华的回答是这样的：在中国，对于生活在社会底层的人来说，生活和幸存就是一枚硬币的两面，它们之间的微妙分界在于方向不同。活着是一个人对自己经历的感受，而幸存往往是旁观者对别人经历的看法。这话说得太好了。是的，自己讲述自己不幸、痛苦的最高境界一定不是激动不已，而是平静如水。

三、人生相对论：硬币的两面

《活着》这部小说对人生的探讨，还受到中国传统文化的影响。为什么这么说呢？因为书中展现出很多人生的相对论，而这种辩证法的源头其实就是老庄的道家思想。老子的《道德经》和庄子的《齐物论》就是这种相对论和辩证法的经典论述；尤其是其中福祸相依的观念，"祸兮，福之所倚；福兮，祸之所伏"，讲得太精妙了，堪称人生的大智慧。《活着》这部小说继承了老庄的这种哲学智慧。任何事物都有对立面，好与坏、福与祸、常态与荒诞，莫不如此。下面我举几个例子来说明小说是如何揭示这种人生相对论的。

　　解放前，福贵沉迷于赌博，结果把全部的家业输给了龙二，一夜之间沦为赤贫，连累一家老小跟着他受苦。这可谓是灾祸，或者说不幸。可是，只过了几年，解放了，开始土改，那个"赢得"了福贵家业的龙二却因为占有很多田地被打成恶霸地主，最后被枪毙了。这种命运的反转，令人嘘唏不已，而作者就于其中运用了福祸相依的辩证法。再有，当年被拉了壮丁、当了国民党兵的福贵，有一个战友叫作春生，两人被解放军俘虏后，福贵选择回老家，春生则选择加入解放军。多年以后，福贵的儿子为了救县长的老婆献血而死；而那个县长就是当年的春生。没想到，当年的同伴，一个当了县长，一个还是底层的贫困农民。可是，命运无常。不久，"文革"来了，当县长的春生被红卫兵殴打、批斗，最后含恨自杀。这种对照与反转也是震撼人的，同样，这也揭示了福祸相依的道理。

　　这些年国家大力反腐，获得了老百姓的普遍拥护。人们见证了很多达官贵人从荣华走向覆灭，有人身陷囹圄，也有人畏罪自杀。前两年，看过一个报道。某位高官东窗事发，惶惶不可终日，决定自杀。在自杀之前，他在大学的同学群中发了最后一条信息，也算是临终遗言吧。他说，非常后悔当年那么热衷于当官，贪图荣华富贵，此时此刻，他最羡慕某位正在大学教书的同学——生活平淡如水，却充实而安定。人之将死，其言也善。当年，他风光无限的时候，兴许是看不起那些清贫的教书匠的。其实这就是福祸相依的现实案例——不是小说，却胜似小说；不是电视剧，却胜似电视剧。目下，很多反腐题材的电视剧其实就是根据真实事件改编的，比如《人民的名义》《破冰行动》等。看多了高官因为腐败而落马的剧情，也就明白了福祸相依的道理和人生的辩证法。

人们总是习惯生活的常态，反常总会让人不适应。然而，现实生活中的常态与反常却是如影随形，或者根本就不存在所谓的常态。尤其是在动乱和困苦的年代，正常与荒诞其实就像一枚硬币的两面那样形影不离，最终让人见怪不怪。福贵的儿子，最为懂事，非常孝顺；但他的死，最令人悲痛。县长夫人产后大出血，县里的人来小学号召学生献血。经过验血，只有福贵儿子的血型匹配，孩子特别高兴，认为这是一种莫大的荣耀。可是，结果呢？医生在抽血的时候，不停地抽，拼命地抽。可怜的孩子当场死了！这是一个多么荒诞的死法。其实呀，看似荒诞的背后，隐藏着作者对现实的深刻批判。你想，为了救县长夫人的命，号召学生献血，这几乎是被当作政治任务来推动的。医院的医生在抽血的时候，毫不顾惜小学生的身体，只一心要救县长的老婆，这完全是出于一种不自觉的官僚崇拜。这才是整件事中最可怕的地方，也是血淋淋的现实。当然，后来作为县长的春生也在"文革"的混乱之中死于非命，这也是一种不幸。在安徒生童话《皇帝的新衣》里，人们都看见了赤裸裸的国王，却没人愿意说出实情，这也是荒诞的，这荒诞的背后是强悍的王权。所以，荒诞在现实中是完全可能出现的，它与常态往往只有一步之遥。这也是《活着》这部小说带给读者的一个思考。

第五辑

· · · · · ·

读 东野圭吾

东野圭吾小说解码

主持人李小平：

　　各位羊城学堂的老友们，各位直播间的朋友，大家好！我是羊城学堂主持人李小平。最近，很多读者给我们留言说："羊城学堂快快恢复吧，我们都居家一个多月了，都快憋疯了。"新冠疫情给大家的生活带来不便，我们不妨可以利用这个机会多学习多阅读。

　　为回应大家的呼声，今天（2020 年 2 月 29 日）羊城学堂五百九十一期就要开始了。是否要在我身后的报告厅举行呢？当然不是，今天我们把讲座搬到了线上，与南方都市报一起，隆重推出羊城学堂线上直播，也欢迎直播间的朋友将直播二维码分享给您的家人和朋友。今天我们请到的主讲嘉宾是中国社科院文学所博士后、广东第二师范学院教授侯立兵老师，讲座题目是"东野圭吾推理小说解码"，欢迎大家积极提问，我们将从中挑选部分问题请老师在讲座结束时作互动交流。欢迎大家一起走进今天的羊城学堂。

　　直播间的各位朋友们，大家上午好！欢迎来到羊城学堂！本期羊城学堂是由广州图书馆和南方都市报联合推出的线上直播。最近，我在一些直播平台和观众作了一些线上的阅读分享，羊城学堂的老师看到效果还不错，于是就提议把本场讲座也拿到线上来举行。这场讲座其实早在去年就预定好了，预定的时间就是今天上午，于是就有了我们今天的网上相逢。现在，我是在自家的书房里和大家进行交流，条件比较有限，没有专业的设备，但是我会以专业的态度和专注的精神来和大家进行一场愉快的阅读分享。唐代诗人岑参有两句诗"马上相逢无纸笔，凭君传语报平安"，咱们今天是"网上相逢无纸笔，凭君传语报平安"。

闲话少说，回到今天的主题。今天要分享的主题是什么呢？是关于侦探小说的，咱们来聚焦当代非常有名的侦探小说作家——日本的东野圭吾。为什么要选这么一个话题呢？因为近些年来，他的作品很畅销，受到世界各地读者的热捧，他的很多作品被改编成电影、电视剧，也很受观众追崇。他的书在全世界的发行量以千万计。在中国，他的《白夜行》《解忧杂货店》《嫌疑人X现身》，还有《恶意》等都很畅销，发行量动辄上百万册。这里跟大家聊一段我的亲身经历吧。有一天我去我们学校的图书馆借书，发现有一位大学生也在借书，他借的是东野圭吾的书。什么书呢？《白夜行》！

我家里也有一本《白夜行》，家人和朋友读过，现在还算是九成新，我给大家展示一下——还算很新吧？但那位同学在图书馆借到的《白夜行》是一个什么模样呢？我当时出于好奇，拍了一张照片。你们现在从屏幕上看到的这张图片就是我当时拍摄的图书馆的《白夜行》样貌，封面非常破旧，磨损很严重，一看就知道经过了很多读者的借阅。据我所知，东野圭吾的书在全国各大图书馆，包括我们广州图书馆，它的借阅量都是非常大的，这也是我选择东野圭吾来作为今天话题的一个直接原因。

　　下面先介绍东野圭吾的一些基本情况。东野圭吾，1958年出生于日本大阪，毕业于大阪府立大学。他是学什么专业的呢？他是学电气工学专业的。哇！一提到学电工专业，我就想到了一个问题。什么问题呢？许多著名作家是学理工出身的，我相信大家也会有同感，是吧？大家扳着指头来数一数，有哪些作家呢？咱们能够脱口而出的——鲁迅——学医的，对吧？小说写得非常好。此外，最近风头最盛、如日中天的科幻小说家，谁呀？对啊，刘慈欣！写《三体》的，获得雨果奖，他也是山西娘子关发电厂的计算机工程师，小说写得非常棒。东野圭吾也是一样，以前是在一个企业里面做工程师，后来写小说出名了，成了著名的畅销小说作家。

　　为什么这些学工科的能够写小说，尤其是擅长写长篇小说呢？我想这里面有一个很重要的原因，长篇小说需要一个又庞大又精巧的结构，这就需要作者有较强的逻辑架构能力，否则难以胜任。而这恰恰是很多工科出身的作家的优势。东野圭吾是做电气工程的，电器的那些连接、电流的各种回路都得了然于心，这对于他的小说结构是有很好的影响的。当然，这并不是说只有学工科的人才能写小说，学文学的人也有很多成了大作家。

　　以上只算题外话。下面回到今天的主要内容，共分三个部分：

　　第一个部分是"历程解码"。在东野圭吾这位优秀侦探小说家诞生之前，还有哪些重要的推理小说家？其间有着怎样的演变？在推理小说演进的历程中，东野圭吾处于怎样的位置？

　　第二部分是"结构解码"。这一部分，我将带领大家破解东野圭吾小说的结构魔方。为什么他的小说读起来处处有悬疑，极具吸引力，让你从轻松入读，到满头雾水，然后有如月夜航行，最后才走出迷雾、拨云见日？之所以读者会获得如此快意的阅读感受，是因为东野圭吾的作品有着巧妙的结构。这就是我在第二部分要分享的内容，主要会谈东野圭吾的时间、空间结构艺术。

第三部分是"人性解码"。东野的小说能触及人的灵魂深处，尤其是那些幽暗、复杂、细微的心理活动，所以我也把这一部分作为一个重点。

三个解码就是今天我要讲的主要内容。讲完这些之后，我会留出一些时间与大家互动，回答一些问题。

一、历程解码

下面进入第一部分"历程解码"。这一部分我们要探讨的问题是，在东野圭吾之前有哪些优秀的侦探小说家。东野圭吾在推理小说的演进历程中又进行了哪些新的尝试。大家先想一想，在你的阅读历史上，哪些优秀的侦探小说家给你留有深刻印象。

我放几张图，大家跟我一起来辨认一下，看看图中所涉及的作家都是谁。第一张图是一张邮票，请问邮票上面的人物是谁呢？没错！这就是英国著名的推理小说家、推理小说之王柯南·道尔。他后面这个菱形阴影部分中还有个人物——叼着一个烟斗，拿着一个放大镜的，是谁？好，相信大家都知道，这是柯南·道尔笔下的主人公福尔摩斯。柯南·道尔的代表作就是《福尔摩斯探案集》。

再来看第二张图。注意了！这是谁？嗯，一个美貌的中年女性。这个可能有点难猜，是吧？她也是推理小说家。估计有的人已经说出她的姓名了。这是她中年时的照片。如果我放一张她年老时的照片，大家可能更容易辨认，是吧？对啦！这就是英国的另外一位比柯南·道尔稍晚的著名推理小说女王——阿加莎·克里斯蒂。她的代表作有哪些呢？我来跟大家清点一下。我现在马上能想到的有《东方快车谋杀案》《尼罗河上的惨案》，还有《无人生还》，这些都被改编成了电影。《东方快车谋杀案》几次被拍成电影，如果我没记错的话，前两年美国人又把它重拍了一遍。说到这儿，有的观众会说，还有一位推理小说家！谁啊？名侦探柯南。哈哈，开个玩笑，这个不是一位作家，而是一部电视系列剧里的主人公，他叫柯南。我相信很多年轻人都看过这部系列电视剧，我以前也看过，现在很多小朋友还在看，听说已经拍了一千多集了，还在拍，这就是日本的著名动画片《名侦探柯南》。从这部电视剧长期流行的现象来看，这些年推理小说的热度不减。

最后再看一张图片。你们看这是谁？是的！这就是今天我们要讲的东野圭吾。从他的照片来看，他显得比较忧郁，一副沉默、忧愁的大叔模样。

分享完毕，现在来聊聊推理小说的主要发展历程。其实，我们刚才已经把几个里程碑式的人物点到了。但是，直播间的朋友也许会说，侯教授，你还没有说完呢！我们还知道许多其他的作家。这个不奇怪，因为在推理小说史上有很多著名的作家。但是，推理小说从 19 世纪到 20 世纪的这一百年间有一个脉络清晰的演变过程。从地域来看，主要是从欧美系转到了日本系。

欧美系当中比较早的就是美国的爱伦·坡，他的代表作是《毛格街血案》。爱伦·坡在柯南·道尔的前面，福尔摩斯系列小说中也经常提到他。阿加莎之后的推理小说家也有很多，如日本的江户川乱步，东野圭吾的第一部作品《人偶之家》获得的奖项就是江户川乱步奖的提名奖。

推理小说在一百多年的发展过程中写作重点有了一个重要变化，那就是由原来的本格派演变到后来的社会派。什么意思？本格派侧重展现逻辑思维、推理演绎，在推理上作家花的工夫特别大。譬如，柯南·道尔笔下的福尔摩斯就属于推理的高手，他经常嘲笑英格兰场的那些警察——英格兰场的警察都是体制内的、吃皇粮的，他嘲笑他们是一帮饭桶。一遇"疑难杂症"，警察们就会来找福尔摩斯；因为福尔摩斯有很强的推理能力，能见微知著，能见一叶落而知天下秋——这就是推理。

当然，如果光写推理难免让读者有脱离现实之感。所以后来大家觉得，除了关注犯罪细节以及罪案被侦破的过程，还要关注犯罪发生的社会背景、社会土壤，甚至还要提出解决社会问题的思路，于是就出现了社会派。松本清张就是社会派的代表人物。松本清张和柯南·道尔、阿加莎被誉为推理小说的三大天王。再到后来，推理小说就更多地注重描写人性了。

东野圭吾本人几十年的创作，也经历了这样一个过程，前期大体属于本格派，中期可划为社会派，最近一二十年以来，他更多地在深挖人性。像我们今天要讲的《白夜行》《解忧杂货店》，还有《嫌疑人 X 的献身》等等，都属于他描写人性很成功的作品。

二、结构解码

接下来讲第二部分"结构解码"。首先，来讲时间问题。结构里面离不开的两个要素就是时间和空间。我们知道一切文艺作品，包括电视剧、电影，即便是讲一个很简单的故事都离不开时间和空间这两个要素。这个道理不用多谈了。在推理小说当中，时间和空间的意义尤其重要。大家知道，推理小说以前就叫作侦探小说，离不开对犯罪的描写。而侦破案件的关键无非就是将一组组对应的时间与空间确定下来。在很多犯罪题材的影视剧中，警察或者侦探在破案时，要确定某个嫌疑人到底是疑似还是确定，往往就看这个嫌疑人在案发的那个时间那个地点有没有作案的时间，在不在案发的地点。所以，在推理小说中，时间和空间一样重要。

（一）时间要素

关于时间要素，我们主要以《解忧杂货店》《嫌疑人 X 的献身》这两部作品为例讲讲其中的时间处理问题。可以说，当你读《解忧杂货店》的时候，如果没把其中的时间问题理清楚，那这部作品你是读不懂的。我这样说，相信直播间的朋友们应该会同意的。为什么这么讲呢？就是因为《解忧杂货店》其实是描写一个时光回流的故事。我们在讲这部作品的时候，先要从它的时间方面去入手，然后再进入杂货店这个空间上的地点。作品描写了三个小偷在一天凌晨时无意中跑进了一间废弃的杂货店。在这间杂货店中，他们遇见了一件非常奇怪的事情，有一封信从前门的邮件投递口投了进来。这是一封自称"月兔"

的女孩写的信，她说她想参加奥运会，不巧的是男友生病了。来信的目的就是咨询她该怎么办：是应该留下来陪伴男友，还是该离开男友去参加赛前训练？三个小偷一看，感到非常奇怪。啊，这是写给谁的信？于是，他们抱着试一试的心理回了一封信。大致内容是说：与男友暂时分别也没关系，你们可以通过手机保持联系。当然也可以带着男友同去，一边训练一边照顾他。他们把回信放在牛奶箱中。过了不到五分钟，投递口中又投来一封信！他们吓了一跳：哇，怎么又来信了？这是月兔的回信，信上说，您说的手机是什么东西？她不懂手机？读到这里，三个小偷忽然明白了一些。明白了些什么呢？哇！原来他们是在跟一个过去的人对话——这就是月兔不懂手机的原因。即便是此书的读者，也得读到后面才明白月兔想要参加的是哪一年的奥运会。是哪一年的奥运会呢？是1980年的莫斯科奥运会。小说中的一系列人物，他们的经历、他们的烦恼、他们的情感都通过给解忧杂货店——浪矢杂货店寄信倾吐这一方式呈现给读者；也就是说，这些不同时空的人物最终都"交汇"于浪矢杂货店。由这个杂货店展现出包括浪矢先生本人在内的六代人的不同人生。而这些人生经历，说到底都与谁有关？与杂货店的主人浪矢先生有关。

浪矢先生在这个店里解答过关于青春和成长的种种问题。浪矢先生去世前留下遗言：三年之后，9月13日他的祭日那天的凌晨0点到早上6点之间杂货店复活，大家又可以来咨询问题。在此后的故事中，时间回流，青春重现……

下面，再来看东野另一部作品对时间的处理。在《嫌疑人X的献身》中，主人公石神要帮靖子小姐脱罪。靖子过失杀人，一不小心把他的前夫，也算是一个渣男，杀掉了。这刚好被她的邻居——一个长期幽居的宅男、一个数学天才——石神发现了。石神长期暗恋靖子，所以愿意帮助她脱罪。而脱罪的方法就是处理好时间问题。石神究竟是如何处理时间问题的呢？

本来靖子过失杀死她前夫的时间是 3 月 9 日的晚上，石神想帮她脱罪，就要把这个时间改变，要引导警察在侦探的过程当中从时间和空间上排除对靖子的怀疑。于是他在 3 月 10 日杀了一个流浪汉，在害死这个流浪汉之前还让他到旅馆里面去住了一下，由此留下了一些指纹、头屑、头发等。他还磨掉这个流浪汉的指纹，毁坏他的相貌，并把尸体抛弃在河中。警察在11 日发现了这具尸体。

那么，警察最后推算的受害人死亡时间是多会儿呢？是 3 月 10 日。石神用了各种方法引导警察确信河里的尸体就是靖子已经失踪的前夫。所以当他们找到靖子调查的时候，发现靖子在 3 月 10 日去看了电影，晚上还去唱了卡拉 OK，而且这个过程有很多人看见。当然，这些都是石神特意安排的。这样，警察就从时间上排除了靖子作案的可能性。大家听明白没有？但因此，警察的侦破也陷入了泥沼。可见，石神主要是用时间上的"移花接木"帮靖子脱罪，故意误导警察对时间的推断。当然，后来有一个更高的高手，就是汤川——石神的学友——对这个案件有些怀疑。于是，开始了汤川和石神的较量。

东野圭吾的小说有一个突出的特点，那就是时间感非常模糊。他有时故意不明确讲出时间。比如说《白夜行》，总共十多章，前面一直都没有讲案发是什么时间，现在是什么时间。读者读的时候是不是会满头雾水？那么，怎样才能还原故事里的案发时间，理清故事情节对应的时间点呢？有一个很重要的方法，就是通过真实的历史时间来还原虚构的故事时间。举个例子，《白夜行》开头没讲案发时间，只说有个当铺的老板，也就是亮司的父亲被杀了。什么时间？没做交代。但是，通过警察间的聊天，大家可以推出案发时间。两个警察闲聊时说，这个月初爆发了第四次中东战争，油价恐怕要上涨了。中东战争是指以色列与其周边阿拉伯国家爆发的五次战争。第四次中东战争，这个时间，你去查，是在 1973 年 10 月。这就可以将时间确定了，你就知道小说中的案发时间是 1973 年。读者需要将真实历史事件的时间与小说故事的时间两相对照，才能够找到隐含的时间线索。

再来看一个细节。小说中有个人物叫高宫诚，他在某章出场的时候，有这样一个描写：他回到家里打开电视，电视新闻里正在播日本的一个学生考察团在上海发生了火车碰撞的事故，很多学生受伤死亡了，中国政府跟日本政府正在就这一事故协商解决的办法。好，这儿也没讲时间，这个时候你就可以去百度搜。东野就是故意用这种历史的真实节点，间接地让你知道小说里面的人物、事件是在什么时间点上。你一查，是在 1988 年，当时的确有日本学生的修学旅游团在上海近郊出现了这样的事故。举这几个例子大家就明白了该如何来确认书中的故事时间。

东野喜欢把叙事的时间线弄断、搅乱，以此来增加阅读难度，同时也是为了激发读者参与推理的热情。《白夜行》一会儿写案发的时候，一会儿又写案发之前，一会儿写雪穗成年后的职场和婚姻，一会儿又写回她的学生时代，颠来倒去，就是要把时间揉碎、搅乱，不按照时间的正常次序来给你讲故事，故意把你搞晕。如果他依照次序从开始到中间到最后这样来讲，那你一下子就看明白了，对不对？可东野的目的就是不让你轻易看懂，所以你必须要自己整理时间线索，才能读明白。你可以把小说中关于雪穗杂乱的、碎片化的叙述重新进行一个排列，还原成小学、中学、大学以及毕业之后这样一个有序过程，这就把时间线理出来了。

（二）空间要素

接下来，我们来谈空间问题。在推理小说中，从空间上确定或者排除某个人物的犯罪可能性是一种常见的推理模式。也就是说，看嫌疑人到底是不是在特定时间正处于作案空间中。我们知道空间的大小有一个辩证关系。譬如《红楼梦》，大家说它写的是小空间还是大空间呢？比较而言，四大名著中的《红楼梦》描写的空间显然是比较小的。它主要写了贾府中的事情，主要故事发生地是在贾府。它不像《西游记》，从中国唐代的长安一直写到印度，距离非常远，空间非常大。《三国演义》中，诸多英雄逐鹿中原，当然也是大空间叙事。不过话又说回来，小空间写作未必就写得不丰富，对吧？在这方面《红楼梦》就是一个典范。

我发现一个很有意思的现象，东野圭吾的作品所涉空间大都比较小——他爱写小空间。他喜欢写发生在日本的事情，而且大都发生在东京、大阪等地。《解忧杂货店》是最有名的一部写小空间的小说，所有的故事都聚焦在浪矢杂货店这个有限的空间中，对吧？最后又回归到另一个空间点，就是那个孤儿院，叫作丸光园。个个"迷茫"的人物、种种"迷乱"的线索，最终都交汇于这两个点；所有的时间、所有的人物线索，最后都聚焦到这两个点上。而这两个点从空间上来看，都是非常狭小的。但同时，这样的一个结构设计又是非常繁复和巧妙的。

关于"空间"的类似处理，我们还可以结合另一位作家来讲，那就是前面我们讲过的阿加莎·克里斯蒂。她写的很多小说都是在小空间中展开故事的。譬如《东方快车谋杀案》讲的就是发生在一列火车上的故事——空间虽狭小，但作者的笔法太细腻了，狭小的空间被写得特别丰富。为什么会丰富呢？因为她善于描写人物的心理。车厢里面那十来个人，通过波洛先生眼睛的逐一排查——像是做 B 超检查一样，所有原先那些看不到和看不清的细节，都被看到看清，故而每个人的心理活动都在波洛先生的预料之中。由此，有限的空间变得特别丰富。因为心理空间是无形的，可以放大，对吧？说起来只是一列火车中发生的故事，具体来说，凶杀案就发生在一截车厢里面，对吧？空间很小，为什么会那么吸引人？空间小不代表故事少。最后，经过波洛的缜密推断，案件真相终于浮出水面。死者身上被扎了十二刀，什么原因？大家应该知道，每个人杀了他一刀，共十二个人。

火车的空间非常狭小，但神奇的是，阿加莎最后把空间给"放飞"了。怎么个"放飞"法？她笔锋一转，故事就链接到多年前美国的一起案件——阿姆斯特朗绑架案——这就是阿加莎·克里斯蒂扩展空间的高超手段。其实，东野的《解忧杂货店》也是这种玩法，《嫌疑人 X 的献身》中涉及的空间其实也不多，对吧？将有限的空间描绘得特别丰富——这便是作者的过人之处。好了，空间的问题就讲到这里。

（三）结构密码：拼图游戏

接下来，讲讲结构密码。我们读《白夜行》的时候，一开始会觉得很难读懂。为什么难懂呢？就是因为作者故意把故事碎片化了。前面讲过，他不好好地按照时间顺序来讲故事，而是把时间打乱，把空间打碎：一会儿是雪穗上小学时，一会儿是上中学时，一会儿又回到案发之前，一会儿又描写雪穗成年之后；而且一会儿是雪穗的同学在说，一会儿又是警察在说，一会儿又是当铺老板的妻子在说，一切的讲述都是零零碎碎的。试问作者，为什么要这么做呢？将故事碎片化，相当于把一个瓷器打碎。瓷器打碎有什么好处呢？就是不让读者一下子看到瓷器的全貌，让读者自己去拼接这个瓷器。当读者把每一片碎片通过线索连接起来，瓷器就复原了，读者也就看到了完整瓷器的本来面貌。说白了，这种阅读过程，就像是在玩拼图游戏。在读到前面的时候，甚至读到中间的时候，你都很可能是一头雾水。

我曾经遇到这样一位读者，他认为自己是推理小说的阅读达人。他跟我说："唉，我读东野圭吾的《白夜行》，读他的《解忧杂货店》，读了开头一二十页，我就大概知道了这个故事是怎么一回事，读到中间的时候，我就全明白了。"他问我对此怎么看。我就半开玩笑半认真地对他说，如果你说在一开头就看懂了，说明你没有真正看懂！听了这话他非常伤心。我接着对他说，优秀的推理小说在开头是不可能让读者看懂的。所以一般来说，对一个尚未读过某部推理小说的读者进行剧透，是一种不道德的行为。今天我进行这个讲座是有一个前提的，那就是我默认今天来直播间的人都对东野圭吾感兴趣，想更进一步了解他；而了解他的前提是，已经看过东野的这几部代表作了。

再回到原来的问题，为什么说只读前面肯定看不懂小说呢？因为作者已经把小说碎片化了，关键信息被埋藏了起来。你只有看到最后，且不忽略前面的每个细节，才能在大脑中整合所有"碎片"，将真相还原。

举个例子，《白夜行》中的亮司由于偷窥到父亲性侵未成年的雪穗，出于愤怒，用一把剪刀杀死了父亲。之后，他成功地为雪穗和自己脱了罪；因为他跟雪穗是青梅竹马的小学同学，关系很好。由此，剪刀就成了这部小说中很关键的一个物件。剪刀在全书中的零零碎碎的情节中不时出现——不是始终连续地被写到，而是偶尔会出现一下。譬如，图书馆馆员回忆小学时代的亮司：经常和一个女生，也就是雪穗，来看书，他会剪一些好看的图案，就是剪纸，送给这个女生。图书馆馆员这不经意的一句话其实就是东野的一个伏笔。我们在阅读的时候必须要关注什么呢？必须要关注线索伏笔。后来，在剪刀再出现的时候，警察就追踪到了亮司。这个警察叫作笹垣，二十年来一直关注着这一系列迷案。他在亮司开的店子里发现一张剪纸，这是亮司送给店员的礼物。剪刀、剪纸指引着笹垣一路追踪。最后，笹垣已经找到了案件的真相，要去抓亮司的时候，亮司从楼上跳下来，死了，一把剪刀戳中了他的喉咙——剪刀再一次出现。

在长达几十万字的小说当中，剪刀只零零星星地出现过几次，而且好像都是不经意出现的，所以读者在阅读的时候很容易将其忽略掉。其实，回过头来一想，剪刀就是一条隐含的线索。中国传统小说有一种写法——外国人不一定这么讲，但是道理是相通的——叫作草蛇灰线。什么意思？蛇从青草地溜过，你看不见蛇了，但是能看见草丛当中有一些若有若无的痕迹；将一根线从一堆灰上拖过，痕迹定不明显，但一定是有的。所以说读推理小说很烧脑，因为作者的结构策略是，既要防止你读懂，又要引导你读懂。

三、人性解码

接下来讲第三个部分：人性解码。细腻的人性刻画是东野小说的一个突出特色，这也是许多读者感受较深的一点。记得有一个读者曾跟我交流过，他说读完《嫌疑人 X 的献身》后心里特别惆怅，特别纠结。不知道直播间的观众们在读的时候有没有这种感觉。其实我也有过这种感觉。我觉得这就是小说的高妙之处——小说对人性的刻画达到了极致。怎么个极致法呢？我说得通俗一点，就是把犯了罪的人写成好人，具有好人的一切品格；但是好人偏偏犯了罪，要受惩罚，要去坐牢，要受到法律严惩——这就会让你心理上特别纠结。

（一）描写复杂的人性

东野圭吾在人性刻画上究竟有哪些特点呢？最重要的一个特点是，他能够触摸到真实的灵魂，把人性写得复杂，有深度，而且还富于变化。这样写的好处是什么？第一个好处就是让你不能够轻易判断人性，不能够绝对地说这个人是坏人，那个人是好人。譬如，《嫌疑人 X 的献身》中的石神，你怎么看待他？他是一个高智商的人，特别善于逻辑推演，是数学天才；

他帮助靖子脱罪，也是出于善意，靖子也是无辜的，被靖子失手杀掉的前夫是一个妥妥的渣男，在我们看来他的死也是罪有应得——他太讨厌了，他太可恶了——读者会有这样的心理。但是，这个高智商的天才石神，帮靖子脱罪的方式却又是有问题的，这就是让人纠结的地方。为了帮靖子脱罪，他杀害了一个无辜的流浪汉。流浪汉也是人呀！这就是大问题了，对吧？还有一点，如果靖子不去自首的话，他帮靖子脱罪的计划几乎已经成功——他自己献身，把所有的罪行成功地揽在了自己身上。可惜靖子最后去自首了，这也会令读者扼腕叹息、百般纠结。读者给石神这个人定性时会出现两难的情况。当然从法律上来讲，他是犯罪分子，一定要受到惩罚的。

（二）刻画变化的人性的不同侧面

纵观东野圭吾的创作，他对人性的呈现也始终在变化。他早期的作品侧重于表现人性的隐恶，后期的作品则侧重于表现人性的温情。《白夜行》大约是 1999 年的作品，主人公雪穗和亮司一个在明处一个在暗处。雪穗看起来非常贤淑、温婉，可内心却特别复杂，她有很多隐秘的犯罪行为是跟亮司合伙实行的。这样一来，大家对雪穗这个人物下定义时就又会纠结和犹豫。在雪穗身上，大家看到了人性的复杂，看到了人性中隐藏的恶。在《解忧杂货店》以前，东野圭吾的作品，像《白夜行》《嫌疑人 X 的献身》《恶意》等，描写的人性都是非常恶的，而且是阴暗的恶。到了写《解忧杂货店》的时候，他描写的人性出现了一些变化，开始注重写人性的温暖，写人间的温情。这篇小说中除了那三个小偷有绑架、偷盗行为之外，没有重大的犯罪行为，浪矢杂货店就是一处心灵治愈所、一处青春解忧所，这也是他写作上的一次重大转向。

　　读《白夜行》《嫌疑人 X 的献身》，读者往往因为"崇拜"主人公的高智商，觉得他即便犯了罪也似乎有可以被原谅的地方。《白夜行》的女主人公那么优秀，聪慧而温婉，但是她的内心却十分险恶。她不断作恶，但都情有可原，再加上她在读小学的时候就遭到了不法侵害，所以读者对这个人物评判时也容易感到纠结、惆怅。至此，情与法的矛盾就出现了。

（三）读写博弈

　　什么叫读写博弈？就是读者跟作者之间有一个意愿博弈。大多读者不希望《嫌疑人 X 的献身》中的石神受到惩罚，但是，作者一定要写他的罪行最终被揭穿。这就是作者跟读者的一种暗斗、一种较量。有些作者为了名利，一味迎合读者口味；而有些作者却有意违背读者的情感愿望，主动去打破他们的阅读期待。

　　从写法上进一步说开去，这种读写博弈还表现在作者不能重复别人，也不能重复自己上。东野圭吾写了一百多部小说，他宣称不想重复自己。当然，这个话能不能完全做到我们不得而知，但我觉得这是很难做到的。东野的确会有很多创新，但由于他特别高产，所以要想完全做到每一部都超越以前的确也是很难的。

（四）神探退场

　　谈到读写博弈，我还想强调一个相关问题，就是东野圭吾的后期作品有一个重大特点，他会让神探退场。什么叫神探退场？在阿加莎和柯南·道尔的小说中一般都有一个神探——波洛先生、福尔摩斯。他们都有极强的推理能力，每到故事结局时，他们都会把破案的逻辑推理过程给你一桩桩一件件地捋得清清楚楚，让读者惊叹不已：这才是破案的高手。东野圭吾早期小说当中也有一个加贺，但在后来的小说中东野让那些著名侦探都走下了神坛。

譬如，在《白夜行》中有一个警察笹垣，追踪案件二十年才弄明白案情。这算不上神探吧？顶多算敬业，是吧？在《嫌疑人X的献身》中，高智商的石神的脱罪计划实际上已经完美实施了。当汤川跟他较量的时候，他其实已经使靖子脱罪了，因为他已经完美地把一切罪过都揽在了自己身上，完全排除了靖子作案的可能性。也许有的读者会说，那后来还不是被拆穿了吗？后来被拆穿，其实不是汤川智力的胜利，汤川始终没能从逻辑上揭穿石神的诡计。最终他打了一张什么牌呢？他打的是一张感情牌！他说服了靖子：有人为你献身，有人替你顶罪，你于心何忍？在这种情感的支配之下，靖子才站出来认罪。其实，如果将石神和汤川逻辑推演的能力进行比较的话，石神还是更高一筹。

（五）读者破案

在《白夜行》《嫌疑人X的献身》中都没有神探，而在《解忧杂货店》中则连侦探也没有了，完全要靠读者自己来把这几个章节几段不同的人生、不同的人物故事连贯起来——读到最后就读懂了：噢，原来是这样的！《白夜行》的那个警察笹垣，我觉得也不是一个很聪明的警察，他的精神特点只有一个，那就是执着，所以办案效率并不高。那这个案子是怎么弄明白的呢？我告诉你，是读者自己破的案——作者引导读者一边阅读一边破案，让读者自己参与到推理过程中去。

我记得《白夜行》中还有一个私家侦探叫作今枝。今枝通过采访雪穗以前的同学、同事，逐渐让雪穗、亮司在几十年中所犯的罪行浮出了冰山一角；但是，也仅止于冰山一角。因为今枝突然死于氰化钾中毒。试问，在谜底即将揭开的时候，今枝为什么会死掉呢？有的人会说，那是小说中的人物亮司谋杀的。其实真正的答案是，作者让他死的——东野圭吾只需通过今枝把案件破解到这个程度就可以了。今枝必须要死掉，否则他就成了福尔摩斯，一个人把案件全部破了，就没读者的事了。作者有意让读者作为一个破案人参与到《白夜行》之中，这样读者更能体验到阅读的快乐，而这也正是东野圭吾作品的魅力所在。

以上我们分别从历程解码、结构解码、人性解码三个方面逐一解析了东野圭吾的推理小说。最后，我用《解忧杂货店》中浪矢先生的一句话和大家共勉："如果把来找我咨询的人比喻成迷途的羔羊，通常他们手上都有地图，却没有去看，或是不知道自己目前的位置。"这句话是什么意思？就是说当我们感到迷茫的时候，一定要坚信你的手上就绘有人生的地图，你的命运就掌握在自己的手中。这便是《解忧杂货店》最温情的解忧。

好啦，今天的讲座就到此结束。在这里，再一次感谢广州图书馆和南方都市报，也感谢在后台远程为本场直播提供技术支持的小伙伴们！谢谢！

互动环节

问：东野圭吾几乎每年都出书，特别高产，他是怎么做到的？

问：我觉得东野圭吾这几年没有什么特别出彩、影响力特别大的作品，是不是有点江郎才尽了？他的小说一开始看的时候觉得思路很新奇，情节跌宕起伏；但是后来读多了，会越来越发现都是一种套路，破案的逻辑比较重复。您怎么看待他的创作。

答：我把这两位读者的问题合并在一起来回答，因为他们的问题是紧密相关的。东野圭吾的确特别高产，我统计了一下，到目前为止他大约有一百部作品。说实在话，如果你不是一个对他特别痴迷的人，要想把他的作品都读完是很难的。我其实也觉得没有必要去读完。有的人会问我："侯教授，你读了多少本？"说实话，我大概就读了一二十本，主要是读一些代表作。

他这么高产就带来一个问题，作品的质量能不能都得到保证？尽管他是一个创作天才。你发现没有，东野圭吾还特别低调，他很少上电视，对吧？我们很少看到他的新闻。他一般也很少写日本以外的故事，他写的几乎都是以日本为背景的故事，这说明他是一个宅男，跟我差不多。正因为他是个宅男，所以他有大量的时间专注于创作。他热爱创作，再加上作品的反响也好，如果停下来，读者也不答应。估计很多出版社每天在跟他约稿、催稿。因为拿到了东野圭吾的文稿，就等于是拿到了赚钱的底牌，对吧？加上他的作品经常被改编成电影，市场反响与收益也很好，所以他不仅创作精力旺盛，创作动力也很大。

如此一来，也会带来质量问题。刚才这位直播间的朋友问得特别好。的确，作品太多，肯定会有所重复，哪怕他说过不想重复自己。这其实是他在提醒自己：我写得太多，我会不会重复自己呀？当然，他有很多优秀的作品。这些年，我也读过一些畅销书，包括一些中国作家的。有的作家也是特别高产，每年都出一部书，那么其作品质量也是很难保证的。有位国外畅销书的顶尖作家，大家一定不陌生，他就是美籍阿富汗裔的胡赛尼，写《追风筝的人》的那位作家，一二十年以来他只出版了三本书。他是凭借《追风筝的人》一举成名的，成名后他隔了很久才出版《灿烂千阳》《群山回唱》。这三部书的质量都特别高，他每本的写作周期都非常长。好，这个问题我就给大家讲到这里。

问：推理圈的大咖向来不少，为何东野圭吾在中国的知名度特别高？

答：其实，东野圭吾不仅在中国的知名度高，在国外的知名度也很高，你看他小说在全球的销量就知道了。当然，他在日本本国的知名度也很高。我去年暑假去了日本的东京和大阪。在大阪我还特意去看了《白夜行》中提到的一些地点，包括地铁线路，发现这里与小说中的描写基本吻合。这说明东野圭吾就是以他生活的地方为背景展开故事的。当然，故事应该是虚构的。为什么他有这么多的中国读者？其中一个原因就是日本在历史上大量吸收了中国传统文化，其语言文字、节日习俗、民俗等多与中国的相通。从日文翻译过来的作品，文化沟壑小，中国人比较容易接受。对比来看，你去读法文、俄文转译过来的作品就有些难度，如果翻译得不太好，就会觉得特别晦涩难懂。

问：《白夜行》里的女主雪穗到底爱不爱亮司？

答：以前在别的场合分享这部作品的时候，也有人向我提出过类似问题，看来大家对此都比较关心。谈一下我的阅读感受吧。《白夜行》的两个主人公之间到底有没有爱情，这是第一层问题。我想是有的。他们一个在明处，一个在暗处。在暗处的是谁呢？躲在黑夜里面的是亮司。在明处的是谁呢？是雪穗。两个人相互配合，亮司在暗处帮助雪穗除掉那些阻碍她嫁入豪门、走入上流社会的人。他们之间是有合作的，也是有感情的。从他们小时候犯第一桩案开始，他们就在合作。他们两小无猜、青梅竹马。亮司为了保护雪穗，把自己的父亲都杀了，可见当初他们的感情是非常好的。

现在来到第二层问题。女主人公雪穗到底爱不爱亮司？我想提问的读者一定是因为故事的结局对他们之间的爱情产生了疑问。故事结尾，警察笹垣发现了案件的真相，追踪到亮司的那天，刚好是雪穗新店开张庆典，为了躲避警察的追查，在情急之中亮司跳楼自杀了。前面讲过，亮司跳楼的时候还带有一把剪刀。这时候，雪穗也赶过来了，警察就盯着她问：这个人是谁？其实，雪穗是知道的，也明白亮司是为了保护她而死的。但是，雪穗的回答是什么？雪穗回答说，招聘这些临时工都是由我的店长负责的。意思就是说，我不认识此人。最后，警察看见雪穗扭头就走上了楼梯。她穿着白色的衣服，她的背影就好像一道白色的光影。他发现她一次都没有回头，走得那么决然，可见她的心非常坚硬。好了，回到问题本身，雪穗到底爱不爱亮司？我想，他们两人之间是有爱的；但是他们之间的爱，程度是不对等的。雪穗也爱亮司，但是比较而言，雪穗更爱她自己，更爱她自己的前途和她自己的幸福。或许，这正是《白夜行》结局的含义。

　　（2020年2月29日，羊城讲堂。根据广州图书馆颜戴丽老师提供的录音整理。同题讲座曾先后在暨南大学、广州图书馆、广州南沙图书馆、山西大同大学举办）

《嫌疑人 X 的献身》：
一场极致的骗局

　　说起推理小说史上的风云人物，大家最容易想到的肯定是两位英国的大咖，一位是福尔摩斯探案系列的作者柯南·道尔，一位是素有"推理女王"之称的阿加莎·克里斯蒂；但如果要问谁是现如今的推理小说霸主，东野圭吾应该是不二人选。

　　东野圭吾，1958 年生于大阪，是当代日本著名的小说家。他在大学期间是学电气工学专业的，毕业后成了日本电装公司的生产技术工程师，可是他并不安心本职工作，每天利用下班之后的时间写小说。他的经历与当代中国著名的科幻作家刘慈欣颇为相似，刘慈欣也是山西娘子关发电厂的计算机工程师，因写科幻小说出了名。东野圭吾是一位高产作家，迄今为止已经发表了约百部作品。他的代表作《嫌疑人 X 的献身》《白夜行》和《解忧杂货店》是风靡全球的畅销书，这些书在中国的销量也动辄上百万册。他的作品经常被改编成电影，受到市场的普遍欢迎。下面要讲的《嫌疑人 X 的献身》已经相继被日本、韩国、中国拍成三个版本的电影。

一、"他将骗局写到了极致"

　　关于《嫌疑人 X 的献身》这部作品，东野圭吾自己有一个评价，他说：这是我能想到的最纯粹的爱情、最好的诡计。小说讲述了一个最完美的脱罪诡计和最凄切的爱情故事。小说的男主角叫石神，他不擅言谈，不擅交往，用咱们流行的话来说就是个不折不扣的宅男，可他却也是一位百年难遇的数学天才。这样一个天才却在一所中学教书，学校里没人喜欢和他谈论数学，学生也对数学课不感兴趣。他的生活圈子狭窄，生活也不如意，除了数学，他几乎一无所有。久而久之，他对数学的信仰也动摇了，进而对自身的存在价值也充满了怀疑。长期的精神孤独，让他对生活万念俱灰，甚至一度想要自杀。就在这个时候，一对漂亮母女靖子和美里搬来做了石神的邻居。靖子是一位单身母亲，与女儿美里相依为命。这对母女的到来给石神的生活带来了生气。靖子美丽而温婉，石神心生暗恋，他仿佛看到生活中的一缕阳光。可是，他是一个生性内敛、羞于表达的人，从不敢正面表达自己的心迹。因为靖子小姐在楼下的便利店上班，所以他每天去便利店买些吃的，借机看一看靖子小姐——这成了石神生活中最美好的事情。透过窗户看到楼道里靖子的身影，或者听到她们家里的声响，都成了石神隐秘的心理享受。

　　但是有一天，这种平静和美好被意外打断了！靖子的前夫突然找上门来索要财物、胡搅蛮缠，由此二人发生了激烈的肢体冲突。结果，靖子当着女儿美里的面失手杀死了这个渣男。这一切都被在门外偷听的石神知道了。几乎没怎么犹豫，石神就义无反顾地敲开门向靖子提出由他来料理善后，他会设局帮靖子脱罪、摆脱嫌疑。于是，石神以他的聪明才智设了一个匪夷所思的局，令警方始终只能在外围敲敲打打，根本无法触及案件的核心。

那么，石神究竟使用了怎样的障眼法呢？

为了洗脱犯罪嫌疑，石神要做的就是让靖子母女具有不在犯罪现场的证据，也就是"不在场证明"。我们知道，任何一个案件的发生，都离不开现场，离不开一个具体的时空环境。要伪造不在场证明，除了要有"证据"，还需要用强大的逻辑能力重新对事发经过进行"设计"，从而拥有与警方的调查追踪进行反向博弈的可能。显然，这是一件高难度的事情。

如何才能做到呢？首先，石神安排靖子仔细清理了案发现场，指纹、头发、头屑都不放过。然后，他又采取了一系列行动，制造了一系列所谓证据，借以切断渣男案与靖子她们的关系，用一句话来概括，那就是"狸猫换太子"。

案发的当天，也就是3月9日的晚上，石神独自肢解了渣男的尸体，然后将尸块分别藏在不同的地方。紧接着在案发的第二天，也就是3月10日，石神谋杀了一个和渣男年龄、身高都差不多的男人。这个男人是一个露宿街头的流浪汉。在此之前，石神先到渣男生前租住的旅馆将指纹、头发等清理掉，然后故意引导流浪汉进去住了一下，借此将流浪汉的头发、指纹等可供识别身份信息的东西留了下来。接着，在10日当晚，石神把流浪汉引到河边并将其杀害，然后脱光他的衣服，破坏了他的容貌和指纹后抛尸河中。几天后，警察发现了尸体，可尸体的面目和指纹早已无法辨认，再加上渣男并不是靖子女儿美里的亲生父亲，所以做DNA鉴定也没有意义。如此一来警察就以为这具尸体就是住在旅馆里的、于3月10日晚被杀害的渣男本人。他们根本不知道，真正的渣男已经被石神藏得严严实实的了。

接下来的事情，基本是照着石神设计的"剧本"走。警察以为渣男是10日晚被害的，所以去调查靖子的时候一直问她10日晚上去了哪里。殊不知石神早就安排好了，他让靖子在10日晚上一下班就带女儿美里去看电影、唱KTV，11点多才回家，当晚看电影的票根也作为"不在场证据"被完整地保留了下来。就这样，石神切断了靖子母女与渣男一案的所有联系，杀人的罪名暗中转移到了他的头上。

到这一步为止，石神的骗局都堪称完美，为靖子脱罪的计划几乎就要成功了。很多人读到这里的时候，都为石神偷天换日的高招而感叹。如果抛开法理和道德不论，石神的胆量和缜密的思维确实令人佩服。当年，这本书在日本获得直木奖的时候，评委会给他的评语就是："他将骗局写到了极致。"

二、一场高智商的巅峰对决

不过，要是石神就这样顺利地瞒天过海到结尾，那小说的精彩也就打了折扣。一个精彩的故事，往往会在关键时刻来一个意料之外、情理之中的反转，这也是作者增加故事张力的有效艺术手段。

所以，就在石神的骗局即将完美收官时，一个"程咬金"杀出来了。故事的另一个男主角——汤川，发现了这件案子的疑点。

汤川是谁？在书中，他是帝都大学物理系的教授，也是石神的大学同窗。在学生时代他们俩都表现出了卓越的数理天赋，石神有优异的数学特长，汤川则是物理方面的佼佼者。对这件案子，汤川本来是不想多事、不想参与的，但当他得知他那个天才同学石神居然就是嫌疑人靖子的邻居时，他突然对案子产生了浓厚的兴趣。为什么会产生兴趣呢？在他看来，这个看似简单的案子，如果一旦与石神这样的数学天才产生某种联系，那就会变成不那么简单的案子。他相信，如果石神介入其中，那就有能力让警方误入歧途。

不得不说汤川是个厉害角色。他不仅具有超强的推理能力，同时还有极强的洞察力，尤其善于从微小的细节中去发现线索，去看破一个人的内心。譬如有一次，他和石神一起去靖子工作的便利店，石神对着玻璃上映出的自己叹气，叹息自己的头发变稀疏了。汤川正是从这声叹息开始怀疑石神与案件有关的。因为，他认识的石神向来是个不修边幅的书呆子；可此刻，在美女服务员靖子面前的他居然在乎起自己的容貌来。石神内心的涟漪，哪怕是最微小的变化，也逃不过汤川的眼睛。也正是从这里开始，汤川开始对案件认真起来，两位天才之间的巅峰对决也由此展开。

那么，汤川是怎么展开调查和推理的呢？

他先从案件的时间上寻找突破口。他搜集石神在学校的考勤表和请假记录，开始算关键日期石神每时每刻的时间账，期望能从中找出与石神口述的矛盾之处。不过无论是靖子还是石神，都有充分的证据证明事发时他们不在现场，各种关于时间和空间的证据、证言可以形成严谨的证据链，且环环相扣、严丝合缝，堪称完美。但是，在敏锐的汤川看来，越是这种无懈可击的完美逻辑，越是让人觉得可疑，越激发出他去探秘、破案的动力。

这是一种智力的较量，推理与反推理，侦探与反侦探，较量呈螺旋式升级。随着探案的深入，汤川和石神曾有过几次对话——实际上是一种精彩的心理对抗。其实汤川已经无限接近案件的真相了，只是他还没找到有力的证据。在汤川的步步紧逼下，石神意识到有暴露的危险。于是，他为了自己暗恋的女神靖子，最终决定丢车保帅，用牺牲自己的方法来保全靖子母女。他故意显露出对靖子的爱慕，营造出一种对靖子由爱生恨，以至争风吃醋的假象；为了将警方引向自己，他还袭击了靖子的另一位追求者工藤，并给靖子寄出了三封带有威胁口气的信件。警方果然重新将嫌疑人锁定为石神，石神于是顺势自首，独自承担了杀人的全部罪行。

说到这里，你就明白了小说的书名为什么叫作"嫌疑人 X 的献身"了。"献身"就是牺牲自己，保全所爱的人。在决定向警察自首之前，石神认真叮嘱靖子，无论如何都不可以说出真相——只要靖子咬定自己不在场、不知情，警察就无法破案。

换句话说，其实到了这个时候，石神自我献身的苦肉计已经完全成功。他的对手汤川，也无法从证据的逻辑上去攻破他了。两人的高智商对决至此已经结束。最终还是石神略胜一筹，虽然他把自己投进了监狱，牺牲巨大而且非常悲情，但终究他还是达到了为靖子脱罪的目的。

故事发展到这一步，其实已经十分精彩了，但是东野圭吾竟然还没有收手——在小说即将结束的时候，他又来了个巨大的反转。

谁促成了反转呢？靖子。

汤川这时并没有证据来证明自己的推理，但他想到，靖子是最后一个突破口。他思虑再三后，将自己的推理和石神所做的一切全部告诉了靖子。他让靖子明白石神为了她所做的牺牲远比她知道的要多得多，石神不惜赌上一生也要保全她们母女的平安。得知真相后的靖子非常震惊，这个善良的女人忍受不了内心的折磨，最终，她选择到警局投案自首，坦陈了真相。

就这样，汤川以心理攻势破解了这个"死局"，石神的所有苦心顷刻之间付之东流。在故事的最后，石神在警察局里出乎意料地见到了靖子。在意识到靖子自首的那一瞬间，他从惊愕到崩溃，最后跪在地上仰天哭号。这个悲哀的情景，每次都能让读者扼腕叹息、潸然泪下。到这里，故事才最终落下了帷幕。

《嫌疑人X的献身》属于典型的本格派推理小说，东野圭吾的很多作品可归于此类。与注重写实的社会派推理不同，本格派推理偏重通过逻辑展开情节，更强调在逻辑的构建上展现出作家的"硬功夫"。本格推理一般会将读者与作者放置于同一起跑线上，读者和作者掌握的线索是相等的，往往在小说的开头就以全知视角来叙事。什么叫"全知视角"呢？简单来讲，就是上帝视角：一开始你就能知道所有的信息，仿佛在高空中俯瞰角色的所有行为和思想。而与"全知视角"对应的就是"限知视角"，在很多推理小说中，作者一般不会在开头告诉你案件的真相，直到最后才会揭晓。而厉害的本格推理呢，常常喜欢把案件的真相在一开始就告诉读者。《嫌疑人X的献身》就是这样的，一开头就交代了案件发生的真相，交代了谁是罪犯。这样写有什么好处呢？大家可以想一下：如果我们从故事开头就知道凶手是谁，那我们就不用花太多时间去猜凶手是谁，就可以把精力集中在看侦探和凶手之间是如何较量、角逐上。《嫌疑人 X 的献身》的"梗"不在于探寻谁是凶手，而在于知道了谁是凶手但怎么去证明上，精彩就精彩在这个证明与反证明之间的较量上。作者就像一位高级的魔术师，不用任何遮挡，不用掖着藏着，却硬是可以给你变化出一套精彩的把戏来。对读者来说，这样的故事更具挑战性，更有魅力。

三、行走在人性的边缘

《嫌疑人 X 的献身》并不止步于悬疑和推理，而是着眼于对人性的深度发掘，致力于对现代人精神家园的探索。小说中的主要人物，都呈现出复杂的人格特征。汤川与石神之间，既有作为同窗的友谊，更有棋逢对手的相惜。当汤川觉察石神有犯罪嫌疑的时候，对于是否拆穿他的诡计也曾犹豫过，因为他看出石神的犯罪是出于善意，出于爱，是不得已而为之，他也希望老朋友石神能够获得一份真挚的爱情。然而，他对法律正义的追求还是战胜了他的感情，他决定与石神斗智，找到真相。而当石神作出牺牲自己保全靖子的选择后，他在内心深处也为这种纯粹的爱情而感动，甚至生出放弃击破石神精心设计的骗局的念头。最后，他找到靖子，希望靖子能够自首；因为这是唯一能够还原真相的方法，除此之外别无他途。不难看出，小说把作为破案者的汤川也写成了一个复杂的人，也把他放在两难抉择的境地之中。可见，作者对他这个人物不仅要表现智慧，更有深度的人性刻画。

作为汤川的对手，石神则是一个行走在善恶边缘的人，在他身上更是展现了人性的复杂，他令读者陷入价值判断上的两难。他是逻辑的天才，他热爱数学，他的智商让我们惊叹，可后来他却因为爱情而以身试法，不惜杀人——只为保护靖子母女——这让我们嘘唏不已。小说用了大量的篇幅刻画石神的冷静和理性。他清理现场和部署作案时是那样沉着，面对警察的盘问，他也是那样的从容不迫。然而，他木讷的外表下却有着一颗火热的心，他对靖子的爱是那样的执着而炽热。

石神外表与内心世界的巨大反差，很值得我们去揣摩和思考。靖子母女究竟是怎样的一个存在，能够有如此巨大的力量，让石神在绝望之际忽然找到人生的意义，乃至不惜赌上一切去守护呢？

我们可以看一下东野圭吾在书中是怎么去诠释的。石神发现靖子杀死了前夫，他在决定帮助她脱罪的那个瞬间，小说写道："我要保护她们，石神深深吸一口气。我这样的人，今后很难有机会和她们如此近距离接触。"不难看出，帮助靖子脱罪是石神的主动愿望，也被他视为可以接近靖子的绝佳机会。我们知道，石神是一个非常内向的人，他的生活除了数学，几乎是一片灰色。但靖子这位美女邻居的到来，却像一片阳光照进了他的内心，燃起了他生命的希望。靖子给石神的感觉不仅仅是"美貌"，她的笑容和神态散发出一种美与善的光芒。这让一直以来自感卑微的石神既恋慕、向往，又不敢靠得太近，只能远远地看着，默默地关注着。这种感情，固然是痛苦的单相思，但却也给了石神活下去的寄托。所以靖子的存在对石神来说，可以说是一种精神支撑。为了保护这对母女，他不惜亲自动手埋尸、杀人，精心设计一整套骗局来帮她们脱罪。他这么做，自然是出于对靖子的善意和爱，但是他的所作所为却又是非法的、罪恶的，他为了帮"无辜"的心爱之人脱罪，杀害了另一个无辜之人，这种行为无论如何也不能被"洗白"。所以，石神正是这样一个在善恶的灰色地带徘徊的人，他可以说是一个天使与魔鬼的复合体。

另外，人性的救赎也是这部小说值得探讨的主题。靖子最后出人意料地向警察自首，并不是来自警方侦破的压力，因为石神的精心设计已经足以让她们母女脱罪了。但她最终还是选择了自首，因为她的良心不允许她假装若无其事地接受这个结果，接受石神以自己的巨大牺牲为她换来的"幸福"生活。在小说的结尾，靖子跪倒在石神面前说："不！我该赎罪，我要接受惩罚，我要和石神先生一起接受惩罚。"作为读者，我们会感叹靖子的勇气和善良——她确实值得石神赌上一切去保护；可对石神来说，这样的结局却是他宁可死也不愿意看到的。他咆哮着，嘶吼着，他内心只有悔与恨。正如东野圭吾所写："他发出野兽般的咆哮，咆哮里夹杂了绝望与混乱的哀号……石神继续嘶吼……仿佛正呕出灵魂。"

四、读者为何会感到纠结？

曾经有一位多愁善感的朋友和我谈起阅读《嫌疑人 X 的献身》的感受。她说一口气读完，读到最后的时候，感到一种复杂而难以言说的情感。我说，是不是除了伤感，还有"纠结"呢？她说，是的，是很纠结，不知道如何评价其中的人物，如何评判其中的是非善恶；还纠结于最后靖子该不该向警察坦白真相。她甚至还有些许怨恨靖子枉费了石神的一片苦心。我说，能够读出这种种纠结，算是很有境界的深阅读了，你至少已经品尝到了浸入式阅读的愉悦了。

其实，这就是这部小说的魅力，或者说是东野圭吾诸多作品中的一种独特魅力。历史上很多侦探小说中的侦探和罪犯往往分别代表着善与恶，善恶之间的界限比较分明。但东野圭吾的这部作品似乎有意地模糊了善恶的边界，故意设置了一些正义与非正义之间的灰色地带。小说中，犯了罪的人却是生活中的好人，像石神、靖子母女都是好人；被杀死的人却可以称得上是渣男，甚至是恶人。然而，法律最终要惩罚的却是不小心、不得已犯了罪的"好人"。这样的情节设计，让善恶之间有了灰色地带，善恶不再是简单的红与黑。"好人一生平安""有情人终成眷属"，可以说是读者们最普遍的共同愿望。但当这种朴素而善良的感性又与法不容情的理性存在矛盾和冲突时，将最终导致我们在价值判断上的纠结与彷徨。

石神对靖子的爱是隐藏的，他羞于表达；但这份感情也是纯粹的，是一种柏拉图式的精神恋爱，为了这份至真至纯的爱，他最后选择了牺牲自己。而对于靖子最后的抉择，我们也很难简单地得出对或不对的结论。不自首吧，好像于法理不容；自首吧，又替她和石神这样的好人感到不值。我们只能带着这样的纠结和思考，去反复回味这个精彩的故事了。

《解忧杂货店》：心灵治愈所

日本推理小说家东野圭吾的代表作《解忧杂货店》于 2012 年在日本出版，2014 年被引入中国大陆。这部小说连续多年被列为亚马逊最畅销图书，同时也是中国各大高校图书馆借阅量最大的图书之一。其受欢迎的程度，不言而喻。这本小说我读过两遍，在每一次阅读的过程中都会有泪目的感觉。我这样一个中年大叔尚且如此，相信很多女性读者或者泪点比较低的读者，在阅读过程中一定会有更多飙泪的时候。所以啊，建议大家在阅读之前备好纸巾。这个不是矫情，而是这部小说的细腻笔法和感人情节必然导致的阅读体验。这是一部特别温情的小说，与东野圭吾的其他小说，像《嫌疑人 X 的献身》《白夜行》等比较起来，它不是一部严格意义上的推理小说，因为小说中没有谋杀，也没有侦探。它描写的不是人性的幽暗，而是人性的温情与灵魂的救赎。它的色调是暖色的，而不是冷色的。这部小说标志着东野创作上的一次重大转型——呈现出另外一种风格，呈现出另外一种温情的格调。

在这本书中，解忧杂货店其实叫浪矢杂货店，店主人浪矢先生热心为青少年解决烦恼。但在我看来，这不仅仅是一个杂货店，它还是作者设置的一种隐喻——一种隐晦的比喻。我把它的喻义概括为三重，分别是：收纳盒、时光机、治愈所。下面，就请跟随我来领略一下这部小说的独特魅力吧！

一、命运的收纳盒

故事发生在一个月黑风高的晚上。深夜时分，一辆破旧的老爷车在寂静的街道上抛锚啦，从车上下来的三个黑影，慌里慌张地拐进了一条昏暗小巷，然后从后门进入一座废弃的小屋。原来，这是三个年轻的小偷，他们刚刚从一户人家偷完东西出来，又开走了那户人家女主人的车。没想到车坏在了路上，于是他们打算在这小屋暂住一晚，这小屋就是浪矢杂货店。借着幽暗的灯光，他们发现这个杂货店已经布满了灰尘，显然已经很久没住过人了。突然，意想不到的事情发生了！门外似乎有些动静，扔进来一封信！三个小偷顿时紧张起来，以为是警察来了，或者是遇见鬼了。当他们紧张兮兮地打开信之后，才发现这是一封咨询如何解除烦恼的信。来信的女孩化名月兔，她在信中向浪矢先生倾诉自己的烦恼。她是一名运动员，她的男朋友也是，俩人都在国家队训练，备战即将到来的奥运会。可是，天有不测风云，男朋友生病了，而且是绝症。为此，女孩非常伤心，也非常为难：到底是应该继续参加训练，还是应该放弃训练陪伴来日无多的男朋友呢？

三个小偷看了这封信后，出于好奇，尝试着回了一封信，大意就是劝那个女孩兼顾训练，有空的时候可以通过手机视频与男朋友聊聊天。他们把信放在屋外的牛奶盒里。哇，更离奇的事儿发生了。不到五分钟，他们就收到了月兔的回信。女孩在信中说，她根本不知道手机是什么东西。三个小偷惊呆了！于是他们打服务电话咨询现在的时间。结果他们发现，他们的手表显示他们在屋里才过了十分钟，而屋外竟然已经过了一个小时。

听到这里，你或许有些明白了：他们跌入了时光隧道．在时光的缝隙里，他们正在与过去的人对话。这就是这部小说特别好玩的地方。

在接下来的故事中，五个人物的青春故事依次上演。因为五人都向浪矢先生倾吐过各自的烦恼，所以五个本来互不相干人物的故事便在这座小屋里有了交集。

第一个人物就是刚才说到的月兔。这个女孩的男朋友不幸去世，弥留之际，女孩一直陪伴在他身边。而那一届奥运会正是 1980 年莫斯科奥运会，因为抵制苏军入侵阿富汗日本没有参加，所以女孩也没有留下遗憾。

第二个人物是松冈克郎。他本人的梦想是成为一名职业歌手，而他的父亲则希望他子承父业，做鱼店的继承人。年少轻狂的他不顾父亲的反对，从大学经济专业退学，在东京寻求音乐梦想，可是因为没有音乐才华，一直没有混出名堂。在人生十字路口，他满是迷茫，于是向浪矢杂货店投信咨询。三个小偷回信建议他放弃不切实际的音乐梦，安心继承鱼店。正当他准备这么做的时候，善解人意的父亲要求他最后再去东京全力打拼一次。1988 年 12 月 24 日夜，他在给一个名叫丸光园的孤儿院做圣诞节的慰问演出时遇上火灾，他拼死救出水原辰，而自己全身严重烧伤，于医院中过世。后来水原辰的姐姐水原芹为报恩将松冈克郎的代表作《重生》唱红。

第三个人物是绿河。这个女人有过一段不伦之恋，当了第三者，怀上了有妇之夫的孩子，在向浪矢咨询后决定生下女儿独自抚养，却不幸因车祸过世。其女儿被丸光园收养，多年后，她以"绿河的女儿"这一笔名写信致谢浪矢先生。

第四个人物是和久浩介。他是个披头士歌迷，原本家境殷实，但平静的生活却在一夜之间被打破。父亲的公司债台高筑、入不敷出，父母决心全家潜逃。家里决定潜逃和披头士解散的消息先后刺激了他，内心苦闷的他也向浪矢雄治写来咨询信。在潜逃的路上，他悄悄离开了父母，辗转来到了丸光园，成为木雕匠人。

第五个人物是武藤晴美。她为生活所迫，做了陪酒女郎，却一直想自立开店。为此化名"迷途的小狗"向浪矢杂货店致信咨询。三个小偷得知了她想要挣钱报恩的真实想法后，向她透露了日后日本的经济走向，指导她把握时机炒房炒股。这使晴美一步步成长为大公司社长。

听到这里，你应该明白为什么说浪失杂货店是一个命运的收纳盒了吧？这五个人物原本互不相关，八竿子打不着，却因为都要向浪矢先生咨询消除忧愁的方法，而在这里不期而"遇"。这个不期而遇的"遇"字是打上引号的，这里的"遇"不是指见面，而是指交汇。这些人咨询的问题包括了学习、爱情、家庭、事业等不同方面。小说描绘了五个人的人生烦恼，这五个人都属于青少年人群；所以本书描写的可谓是青春的烦恼、成长的烦恼。

二、时光机：让昨日重现

接下来，让我们解读浪失杂货店的第二重寓意：时光机。时光机的主要作用是让人回到从前。我们知道，在一般情况下时间都是单向流动的，就像箭一样飞向未来且不可能折返。人们常说，人生注定是一场悲剧，大约就是鉴于时光不可倒流而发出的感慨——因为人是向死而生的。也正因为如此，人们才会经常幻想回到从前、重返青春。东野的这部小说戳中的正是这一痛点。浪矢杂货店，就是一个时光魔盒，人们在这里重回青春，在这里实现今天与昨天的对话。

　　三个小偷那天晚上在浪矢杂货店，从闯入到离开，也就是说从 2012 年 9 月 13 日凌晨 0 点到早上 6 点的六个小时里，正遇上关闭了整整三十三年的浪矢杂货店复活六小时。这一天正是浪矢先生去世三十三周年的忌日，杂货店在此时复活是浪矢先生的遗愿。在这六个小时，在这间杂货店，三个小偷见到了从前的人和事——说白了，就是穿越了，无意中穿越到了从前。他们与备战奥运的月兔通信、与怀揣音乐梦的克郎通信，并由此牵出了早些年浪矢与年轻人通信，帮他们解忧的故事。

　　穿越到过去或者将来，是近些年来很多小说和影视作品经常用的方法。如果说时光机，或者说时光隧道是个新玩意儿，是个新瓶子，那么东野用这个新瓶装的却是"旧酒"。瓶中的旧酒就是旧时光、老故事，而且是普通人的成长故事、成长烦恼。而这种成长中的烦恼故事，也是每个普通人，包括正在收听我这个讲座的你，都很有可能遇到的。譬如说，一心想成为职业音乐人的男青年克郎，个人的兴趣和职业愿望与家庭、父母的期待之间有冲突；月兔在该争取个人事业成功，还是该留下来陪伴重病在床的亲密男友之间陷入选择困境。与此类似的烦恼和矛盾，不就是很多人都曾经或者将要遇到的现实问题吗？在前面的解读中，我们说浪矢杂货店是一个收纳盒，收纳了五段不同的人生、不同的青春故事。如果你以为这就是全部的故事，那就错了，东野圭吾的手段可没这么简单。除了那五个人的青春故事之外，在这个时光机中还有两段关于青春的故事，而且这两个故事也富有深意，它们让时光从现在折回到过去，同时又让时间从过去流回到现在，形成了一个有趣的"时间环"。下面就让我们来解密这两段故事中的故事。

　　第一段故事是浪矢先生的情感往事。浪矢在年轻的时候曾经与一位名叫皆月晓子的女孩谈恋爱，当时的浪矢只是一个默默无闻的机械工，而皆月晓子则是一名富家女。在帮皆月晓子修理自行车的时候，两人一见钟情。可是，因为门不当户不对，两人的爱情遭到了阻挠。最终在女方家长的强烈反对下，这对有情人没有成为眷属——进退两难的皆月晓子迫于父亲的压力而无奈放弃了爱情。浪矢离开小镇，回到家乡务农，重新恋爱并结婚生子；而皆月晓子却终生未嫁，创办了一个名叫丸光园的孤儿院，且终生守护丸光园直至死去。故事中的人物大多也与这个孤儿院存在关系，晴美、浩介曾经被孤儿院收养，克郎曾为孤儿院义务演出。这里还有个令人感动的细节，那就是两人被迫分手三年之后，浪矢先生专门写了一封信给皆月晓子。在信中，浪矢表达了对女方父母的理解，认为双方年龄和门第存在差别，他们的阻挠是有道理的，他们也是为了自己女儿的幸福，而且他劝皆月晓子也要理解自己的父母。最后，浪矢诚挚地祝愿皆月晓子一定要幸福。大家知道，世界上没有修成正果的爱情有很多，许多曾经的恋人分手之后或形同陌路，或成为冤家。而浪矢和皆月晓子这样的分手方式，显得又理性又深沉。他们没有彼此埋怨，没有散播仇恨，而是始终充满了温情，最终将两人之间的小爱升华成人间的大爱。

　　第二段故事是这三个小偷的故事。这三个小偷原来也都是在丸光园孤儿院长大的。当他们听说有一个女老板想要买下孤儿院改作情侣酒店的消息后非常恼火，于是就想报复她。事实上，这位女老板的真实意图是继续孤儿院的慈善事业。这位女老板的名字就叫晴美。三个小偷在"时光机"里的几个小时里，一直在给年轻时候的晴美通信，为她解忧，并且告诉她日本经济未来二十年的走向，让她抓住时机炒房、炒股。就这样晴美从一位陪酒女郎很快就成长为大老板。三个小偷在小说开头抢劫的那户人家，就是晴美家，不过那时晴美已经五十多岁了。最后，他们从抢来的手提包中看到了晴美写给浪矢先生的信，这才恍然大悟：他们在 9 月 12 日 23 点抢劫的晴美，就是随后在 13 号凌晨和他们通信的那位陪酒女郎。现在与过去在此重叠，形成了一个闭合的时间之环。

　　可见，这部小说的结构是何其精巧！

三、心灵的治愈所

　　最后，让我们来看浪矢杂货店的第三重喻义：心灵的治愈所。有人说，这部小说是一部描写日本青少年犯罪的小说，说是三个小偷的行为折射了日本社会的治安问题。我想，这种理解还是相对肤浅的。这部小说应该属于治愈系小说，心理治愈、精神疗愈是其中的一个重点。对此，我想说三个小点。

　　第一，人人都需要有价值的引导，尤其是青少年。处于青春期的青少年，已是半个大人，开始有自己的秘密，有了自己为自己做主的意识，与家庭和环境的冲突也会越来越多。小说中的几个主要人物的青春烦恼，包括爱情、婚姻、事业的，大都是因为现实与梦想存在冲突。当这些郁闷无法排遣的时候，他们总希望有人能够为他们提供方向上的指引。这就是浪矢老人受到欢迎的原因。浪矢老人给青少年提供心理咨询，不仅很用心，而且还保密。他采用的是寄信形式，咨询者不用担心暴露自己的真实身份，因而更容易袒露心声。记得书中有这样一个细节。浪矢的儿子陪老人重返杂货店，清晨时，他从二楼窗户瞥见了一个穿着白色裙子的女子身影。其实，那就是笔名绿河的女子，她是来从牛奶盒中取浪矢回信的。当儿子把这一幕说给浪矢的时候，浪矢批评了儿子的行为。他说，我们不能偷看写信人的模样，要保护他们的隐私，这是我的承诺。可以看得出，这位业余的心理咨询师，在职业操守上是坚持得非常好的。正是因为浪矢老人的这份坚守，杂货店才获得很多青少年的喜爱，并在某种程度上成为他们精神的避难所、心灵的治愈所。

其实，在现实生活中，我们每个人都需要这样一个可以倾诉烦恼的地方，不仅安全、保密，而且柔和、温情。在你遇到家庭、感情或者事业上的坎坷时，如果你有一个可以倾诉的知心朋友，她能够与你共情，为你指引，还能保护你的隐私，那该何其幸福！这样的朋友是何其难得！如果你已经有了这样的朋友，那么请你好好地珍惜；如果暂时还没有，那么请你耐心地找寻吧。中国人常说，人生得一知己足矣！说的就是这个道理。

第二，"被需要"是一种价值。浪矢老人为什么会对为人解忧如此热爱、如此执着呢？是吃饱饭没事做，还是闲得慌？浪矢在老伴去世之后，情绪非常低落，杂货店的生意也是非常清淡，而且连续出现亏损；幸好他的女儿和儿子对他非常孝顺，完全有能力赡养老人。可是，老人一直不肯将这个小店关闭，因为能不能赚钱已经不重要；重要的是，这里被很多青少年需要——这里是他们的烦恼咨询之地、心灵治愈之所！这是人世间多么温暖的故事。但，这还不是杂货店不能关闭的全部理由。还有一个原因，那就是浪矢老人在这里找到了自己活着的意义、生命存在的价值。这种价值，不是金钱所能衡量的，这种价值的名字就叫作"被需要"。浪矢在"被需要"中收获了价值，走出了失去老伴后的情绪低谷，在治愈别人的同时自己也被治愈了。

　　平常，我们在谈到人际关系时，说得比较多的是尊重与被尊重，这个没错；但是，我们相对会比较容易忽视"被需要"。让你的家人、朋友和同事感到"被需要"，让他有价值感，这就达成了人际关系中的一个很高境界。还是以如何对待老人为例吧！很多时候，做晚辈的、做儿女的为了行孝，会比较关注他们的物质生活和身体健康的需要，而比较容易忽视他们在内心深处还有"被需要"的心理需求。有这样一个故事，有个男青年非常孝顺，父亲过世之后，老母亲就跟随他们一家生活。开始时，一家四口其乐融融，媳妇对婆婆也很孝顺，做饭、洗衣等各种家务活都抢着干了。老母亲虽然衣食无忧，却逐渐心情沮丧，经常表现出失落的情绪。后来，老母亲抢着要洗碗，儿子便不再阻拦。老母亲眼睛不太好，洗碗洗不干净；即便如此，儿子也会称赞母亲，老人由此感到特别高兴，心情逐渐好了很多。这就是"被需要"带来的效果。阿尔茨海默病，相信你一定听说过，这种病的发病原因，除了老年人肌体功能尤其是大脑功能的衰退之外，还有一个重要原因，那就是很多老年人长期缺席社会活动。交际圈狭小，缺少社会活动，老年人的沟通交流少了，"被需要"的情况少了，大脑思维能力加速退化。也正因为如此，即便浪矢杂货店长期亏损，老人的女儿、儿子在浪矢先生肝癌晚期之前，都没有让老人关闭这个店子；因为在这里，老人"被需要"，这里是老人的一种精神寄托，也是老人的价值所在。

第三，每个人都有一张心灵的地图。凭借自己的人生经验，浪矢以非常认真负责的态度为人解忧。但是，他也非常清楚，他的人生指引，未必会符合咨询者的心意。因为很多咨询者，其实在咨询之前，就已经打定了主意，作出了选择——他来咨询的目的其实只是为了确认自己的想法。浪矢的这种感悟太深刻了。不是吗？想一想，生活中有些人向人咨询，并不是他自己没有想法，而是说他只是想确认自己的想法，强化自己选择的合理性。所以，这个时候要想劝说对方放弃既定想法是相当难的，同时，也是相当考验被咨询者的耐心和技巧。浪矢先生还有一种体悟，那就是他的指引未必是正确的；所以如果他的建议没有挽救别人，或者害了别人，那他将会感到无比自责。因此，他在回信的时候都非常谨慎，务必做到字斟句酌。即便如此，也还是会有失误的时候。当他从报纸上得知那位化名绿河的女子最终驾车和刚出生不久的私生子一起跌入河中的消息后，他感到十分内疚，尽管这不能怪他。

小说的最后，浪矢先生还谈了最后一个感悟。他收到了一封奇怪的信，是一张白纸，他给这张白纸也回了信。信中说："如果把来找我咨询的人比喻成迷途的羔羊，通常他们手上都有地图，却没有去看，或是不知道自己目前的位置。"这就是小说温情而富有哲理的结尾。

《白夜行》：
唯有太阳和人心不可直视

　　作为当今时代的畅销书作家，东野圭吾已经出版了约一百部推理小说。近年来，东野圭吾的很多作品被引入中国，并引起市场的追捧。《白夜行》堪称其中最受欢迎的作品之一，引入中国只有几年，其销量就突破百万，它也是东野圭吾小说中被改编为影视作品最多的一部。

　　《白夜行》究竟讲了一个怎样的故事呢？我把这本书的剧情概括为八个字：走不出的童年阴影。故事的男女主角亮司和雪穗是两小无猜的一对儿，可他们却不幸遭遇了亲人的死亡。首先是亮司的父亲在一栋废弃建筑里被杀害；不久后，雪穗的母亲也"意外"死于煤气中毒。但奇怪的是，警方一直找不出这两个案件的真凶。此后二十年，女孩雪穗和男孩亮司慢慢走上了截然不同的人生道路：一个跻身上流社会，一个一直在底层游走。而他们身边的人竟接二连三地离奇死去。警察经过二十年的艰苦追踪，终于发现了惊人的秘密……

一、走不出的童年阴影

　　1973 年 10 月的一天，在日本大阪的一栋废弃建筑内，几名正在玩捉迷藏的小学生，通过通风管进入一个房间，无意中发现了一具男尸。经法医检查，死者是被锐器刺死的，死者的衣着、头发整齐，现场没有打斗的迹象；凶手也没有留下指纹、足迹和其他任何有价值的线索。不过，警察注意到死者皮带扣扣着的孔位比平时宽松了两个孔。死者的身份很快就查明了，他是一个当铺的老板，也是故事中男主人公亮司的父亲。此时亮司正在念小学，他有一位要好的女同学，名字叫作雪穗。

警察经过走访调查，开始怀疑雪穗的母亲是凶手，因为有证据显示雪穗的母亲与死者生前有比较频繁的隐秘会面。与此同时，雪穗母亲的一位情人——一个货车司机也成了警察暗中调查的对象。可没想到，这位货车司机不久后就死于车祸，而雪穗的母亲也"意外"地死于煤气中毒。破案的线索断了，案件陷入了死胡同。更奇怪的是，此后二十年间，雪穗身边的人接二连三地遭受伤害，甚至死亡。为什么会发生这么多离奇的事情呢？

相信你已经猜到了，这一系列事件很可能与当初那两个孩子——亮司和雪穗有着莫大关系。的确如此。原来，当年因为看不惯母亲和自家当铺的伙计在家偷情，亮司独自跑到废弃大楼的通风道里玩耍，却看到了父亲对自己的好友雪穗实施性侵的不堪一幕。惊惧与愤怒使得这个年仅十一岁的男孩用剪刀刺死了父亲。雪穗为何会遭到性侵呢？原来，雪穗的母亲为了解决经济上的困顿，居然强迫自己年幼的女儿出卖肉体。这段肮脏的经历让雪穗的心灵逐渐变得扭曲，而亮司也由此目睹了成人世界的阴暗、邪恶。为了保护雪穗，他逐渐走上了一条不归路。

此后不久，雪穗的母亲也"意外"地死于煤气中毒。小说没有明确交代她到底是死于自杀还是他杀，但种种暗示表明，雪穗与这起意外存在着联系。换言之，是她的精心设计造成了母亲的死亡。母亲死后，雪穗被远亲收养了。

这几起案件，警方没能侦破，于是亮司和雪穗便隐瞒真相，默默地在童年的阴影中成长。七年后，亮司发现当年的案子还一直有人在追查，而且已经逐渐怀疑到自己和雪穗身上了。为了不让当年的罪行被发现，同时也为了帮助雪穗得到她想要的一切，于是亮司便用尽手段将威胁一一除掉。

我们前面提到，这两个人长大后分别走上了不同的道路。被收养后的雪穗，凭着自己的美貌和才智——或者可以直接说是心机，一步步走进上流社会，成为一个光鲜亮丽的贵妇人；而亮司则一直游走在社会底层，他凭借灵活的头脑，一边经营自己的小生意，一边暗中为雪穗提供帮助。简单来说，雪穗在明处，是明线；而亮司在暗处，是暗线。下面我们分别来看看雪穗和亮司的经历。

母亲死后，在远亲的供养下，雪穗顺利升学。她不仅成绩好，相貌气质也很出众，是同学们眼中的焦点。

读初中的时候，学校里出现一位和她作对的女同学。女同学到处宣传她的黑历史，说她来自贫穷的家庭，生母死得不明不白，死前还被怀疑卷入一个当铺老板的谋杀案。然而很快，这位与她作对的女同学遭人绑架，被扒光了衣服，而这一幕"正巧"被雪穗和同学撞见。雪穗主动表示会替这位女同学保密。女同学对她非常感激，从此再也不跟雪穗作对了。可事实是什么呢？没错，这次绑架正是雪穗一手策划的，而绑架女同学并拍裸照恐吓她的人正是亮司。

到了读大学的时候，雪穗结识了一位很好的闺蜜，她们一起加入社交舞社团。这位闺蜜被风度翩翩的社长相中，化茧成蝶，变得越来越美丽，光彩照人。可是不久，这位闺蜜又同样被人扒光衣服、拍了裸照。闺蜜受到恐吓，不再和那位社长往来。这次绑架事件依然是雪穗策划的。至于背后的原因，有人说是因为雪穗看中了社长，想嫁入豪门，而闺蜜阻碍了她的计划；也有人说，是因为雪穗嫉妒逐渐蜕变的闺蜜，怕她脱离自己的掌控，从而威胁到自己，所以才用这样的极端手段逼退闺蜜……不管如何，这已经是雪穗犯下的第二起绑架案了。

但这次事件后，雪穗并没有成功地和社长走到一起。毕业后，她选择和社交舞社团里另一位家境不错的男子谈恋爱，且也已经走到了谈婚论嫁的阶段。可是，她的未婚夫却意外喜欢上了另一个女子。雪穗通过窃听知道了这件事，于是她从中设计，拆散了本来互相爱慕的两人，最后让未婚夫按原计划和她举行了婚礼。但当后来她想离婚的时候，她又是一番策划，让老公"偶遇"当年喜欢的那位姑娘，并制造条件让他们发生"外遇"，自己成功从婚姻中脱身。

离婚后，雪穗又即将走进第二段豪门婚姻。但新未婚夫的堂弟恰好是雪穗大学社交舞社团的社长，也就是雪穗当年看上的第一个富家少爷。社长对在雪穗身上发生的种种事情感到怀疑，于是暗中找了一位侦探对她展开调查。侦探通过访问雪穗学生时代的同学，掌握了很多相关线索，真相即将浮出水面，可就在这个节骨眼上，侦探却离奇地死于氰化钾中毒。

凶手是谁？没错，正是亮司。那么，雪穗在追逐金钱、地位的同时，亮司在暗处经历了什么呢？简单来说，他除了几次帮雪穗实施绑架案，并杀害调查雪穗的侦探之外，还曾使用借记卡犯罪、利用女银行职员提取巨款后将其灭口，其目的就是为了生存以及给雪穗提供开店的资金。

二、唯有太阳和人心不可直视

有读者做了统计，从 1973 年到 1992 年的约二十个年头，雪穗和亮司共作案十四起，受害人包括雪穗的同学、情敌、生意竞争对手以及私家侦探。二人作案的手段非常隐蔽，反侦探的手段非常高超，二人的配合隐秘而默契。这一系列连锁犯罪的起点就是亮司的父亲被杀——这是儿子杀害父亲，是典型的弑父。而小时候的雪穗，也是另一起谋杀的凶手。为了摆脱胁迫她卖淫的母亲，她谋害了母亲——这是女儿杀害母亲，是典型的弑母。弑父、弑母，无论在哪种文化背景中都是大逆不道的。然而，这个原本简单的道德判断，却在这本书中却显得有点模糊、有点两难。因为这个被杀的父亲似乎是罪有应得——他长期性侵当年还是幼女的雪穗；而这个被杀的母亲似乎也是罪有应得——她长期逼迫自己的女儿卖淫。而这两个作案的孩子又是小学同学，有着两小无猜的友情和懵懂的爱情。于是乎，读者一向信奉的黑白分明的道德评判标准就被作者的非常规情节设计给打破了，读者有点懵圈了——说白了，死者罪有应得，罪犯情有可原。这种人设可以说是东野圭吾小说的一种模式，或者说套路。你看，《嫌疑人 X 的献身》中的人设也是此种类型。为什么要这样来设计呢？东野的目的就是要以事件的复杂折射人性的复杂，让道德的判断变得不那么直接，不那么简单，让读者不能简单地说对错，不能简单地说黑白。

在做分享讲座的时候，有一位读者和我交流，说读完这本小说之后，"真后悔，每天跟神经病一样，晚上总是感觉窗口有人影，老是怕睁开眼看到有人拿刀对着我，一闭上眼还是紧张得不行，失眠了个把礼拜"。还说："看鬼片也没有这样过，因为鬼片不现实；但这个又现实又阴暗。"是的，有一句话叫作"比鬼神更可怕的，是人心"。鬼片算不上真正的恐怖，因为它不现实，而《白夜行》的恐怖在于它很现实，而且是一种阴暗的现实。

对亮司和雪穗这两个角色，最值得分析的有三个层面：

一是关于"良知"的问题。小说中的雪穗本身是受害者，却在亮司的暗中帮助之下任意加害无辜者，为了自己的前程不择手段地作恶。这种扭曲的人性源自对社会的报复，同时也源自对虚荣的追求。雪穗从小家庭经济条件比较差，童年就经历了诸多磨难，这种源自心底的自卑最终发展成她追求名誉和地位的动力，甚至不惜以连续犯罪来实现自己的目的。可小说中她表面上对朋友友善、对公婆孝敬、对丈夫贤惠，她成了一个不折不扣的两面人。

二是亮司和雪穗之间有没有"爱"的问题。他们之间是有爱的，但那爱是一种畸形的爱，不是一般人理解的那种温情脉脉之爱。雪穗内心既有着对亮司的信任和依赖，但同时又将他当作一个自己获取荣华的工具；亮司对雪穗甘愿付出，雪穗从小就是他的一个精神憧憬，哪怕最后雪穗已经变成"恶魔"，他对她的爱也没有改变。为了他心中女神的幸福未来，他甘愿不择手段作出各种罪恶的行为。

三是关于童年阴影问题。雪穗和亮司两个人物的心理无疑是阴暗的，这是深重的童年阴影所造成的。心理学研究表明，一个人的童年心理对他一生都会有潜在影响。这两个人物的行为方式，在很大程度上出于他俩的扭曲心理。少年时代，他们看到的是父母一辈的偷情、乱伦，教唆、胁迫，他们因屈辱和愤怒杀害自己的亲人，从而也失去了正常家庭的一切。他们为了对抗命运的迫害变得早熟、坚韧，但同时城府很深、心机很重。雪穗在失去"灵魂"后，为了摆脱自己的卑微地位，掌控自己的人生，甚至身边的人，她处心积虑地一步步往上爬，在事业上追求成功，在婚姻上谋求豪门，外表伪装得像圣母一样贤淑高贵，而内心却可以说是冷血——她可以毫不手软地铲除她的竞争对手。而亮司对雪穗，是一种不同寻常的执着，雪穗在他心中是一个独一无二的"心灵象征"。他死心塌地地帮雪穗往上爬，不惜双手沾满罪恶，成为雪穗出人头地之路上的"清道夫"。这种"爱"，似乎执着、无私，但也疯狂、变态。雪穗和亮司二人，不断地用新的罪行去掩盖旧的罪行，用新的谎言去掩盖旧的谎言。他们在罪恶的黑夜中互相扶持，渐行渐远，最终陷入了行为和心灵上的死循环。

　　故事的结局，刑警一步步逼近真相，亮司走投无路，最终从雪穗的新店楼上一跃跳下，用自己的死亡将真相永远埋葬，让雪穗彻底脱身，得到"自由"。书中这样描写当时的情景：

　　雪穗就站在身边，如雪般白皙的脸庞正俯向桐原。

　　"这个人……是谁？"笹垣看着她的眼睛。

　　雪穗像人偶般面无表情。她答道："我不知道。雇用临时工都由店长全权负责。"

笹垣脚步蹒跚地走出警察们的圈子。只见雪穗正沿扶梯上楼，她的背影犹如白色的影子。

她一次都没有回头。

那亮司在雪穗的心中到底是什么？小说中，雪穗曾经说过这么一段话："我的天空没有太阳，总是黑夜，但并不黑暗，因为有东西代替了太阳。"有人说他们是爱情，有人说他们是共生，但可以确定的是，亮司是雪穗精神深处唯一的依靠，亮司取代了太阳，成为雪穗心中的光；哪怕他们在黑暗中行走得太长以至于无法直视太阳，以至于自己都成了黑暗本身。

作者将两位主角的人性描绘得复杂而震撼人心，将他们的心灵描绘得幽暗而细腻。有读者可能会问，对这些人性的黑暗点，作者难道就没有提供一条出路吗？其实，小说的魅力和奥妙，往往不在于给出一个绝对正确的答案和方法。一个深刻的故事，往往不是简单地划分正与邪、黑与白，命运是无常的，人性是复杂的，人类就是很容易在正与邪之中挣扎。小说正是通过各种各样的故事让我们思考人性。从某种意义上说，与其说东野圭吾是一位作家，不如说他是一位人心的解剖者。

三、带着读者"玩拼图"

有的读者问我，为什么《白夜行》读起来会有些让人懵圈呢？在这里我想说一下这部小说在结构上的一个最大特点，那就是

"碎片化叙事"。说得通俗一点，就是故意将一个完整的故事，拆分成若干情节碎片，牵扯出若干不同头绪，让读者从一开始就只能看到故事的某个角落，根本看不清全局，最后再让读者通过小说的若干伏笔和线索将情节串联起来。打个比方吧。我们阅读《白夜行》的过程，就像是拼接瓷器碎片的过程，读完全书，才可以将被作者故意打破的那个完整瓷器完美粘合。

这种刻意的碎片化，且不急于连缀，是《白夜行》讲故事的一种谋略，也是作者的"狡猾"之处。《白夜行》共分十三章，除了首尾两章分别以发案和结案为主要内容之外，其余各章都是以片段来结构故事。绝大部分时候，作者都采用"限知视角"来叙事。也就是说，各章都只是零星、局部地呈现与案情相关的线索或细节，且这种呈现是散乱的、不系统的。作者在讲完上一章开启下一章的时候，会故意不去衔接前面的情节，每一个章节仿佛都是一个新的故事。所以，很多读者在第一次读的时候，都会觉得迷茫。这时，我们要耐心阅读下去，才能慢慢地将每一章的情节和主体情节连接起来。

除了章节与章节之间被打碎之外，作者还喜欢不断地加入新人物，而每引入一个新人物，作者都会先花大量笔墨去写他，令你不知道这个人到底是配角还是真正的主角。另外，这些新人物与主线、主角之间的关系，作者也不会一开始就明白地告诉你，需要你跟着剧情、透过细节慢慢去摸索。比如，直到小说过半，通过对前面各个片段的组合，我们才能逐渐意识到男女主角的犯罪嫌疑；此外，作者引入男女主角身边的同学、情敌、生意竞争对手、私家侦探等配角，让我们透过这些配角的不同视角去观察男女主角，去从侧面寻找两位主人公身上的疑点。

在这个过程中，我们仿佛在暗处探案一般，随着时间的流逝不断地积累疑问，可却又始终无法形成完整的证据链条。

由于作者是碎片化地讲故事，所以读者一定要十分关注作者在小说中留下的伏笔和暗线。举个例子吧。书中有两条很细微的暗线，断断续续闪现，不细心的读者或许会忽略掉，那就是小说《飘》和"剪纸"。在第一章里，作者写到刑警发现年幼的雪穗正在看小说《飘》。这种描述近似"闲笔"。所谓"闲笔"，就是看起来好像没有多大用处的描写。但我们要知道，在推理小说中很多"闲笔"其实是作者故意埋藏的线索，这叫作"闲笔不闲"。直到小说的最后一章，作者才又重提《飘》。这时候我们才恍然大悟，原来《飘》这本小说就是雪穗和亮司当年合谋犯案的"连接点"。这种写法，类似于中国传统小说的一种常用写法——"千里伏笔""隔年下种"。

我们再举一个例子，就是亮司的剪纸手艺。在第八章，亮司的剪纸首次得到"展示"。之后，他又为店员友彦和弘惠献上了一幅寓意爱情甜蜜的剪纸。此后，关于"剪纸"的描述，书中陆续闪现了几次：一次是重新出场的刑警来到亮司的店面时，关注到了这幅剪纸；一次是图书馆馆员向刑警回忆当年情形时，提到一对男孩女孩经常一起来看书，说"男孩手很巧，会把纸剪成一些形状给女孩看"；最后一次是在小说结尾，刑警看到一个小女孩拿着圣诞老人的礼物——剪纸的时候，立马意识到亮司此刻就在现场。而就在亮司即将被抓的时候，他却从楼上一跃而下，用那把象征着童年、象征着一切不幸和罪恶起点的剪刀自杀了。那些只言片语的描述，相互间既距离遥远又不连贯，但只要你把它们串联起来，就能触摸到"解题"的线索。这种对碎片的拼合就像修复瓷器，也类似于一种拼图游戏，读者在付出细心和耐心的同时，也能从中获得更深层次的阅读乐趣。

这本小说的成功之处，不仅在于结构之巧，更在于对人性的解剖之深。童年的不幸，让雪穗的心灵失去了阳光；而亮司为了心中的女神，躲在黑夜里帮助她，不择手段，不惜作恶。小说的最后，亮司为了不让警察追查到雪穗，跳楼自尽；而雪穗面对亮司的尸体，转身离去，"一次都没有回头"。就这样，跨越二十年的真相，亮司与雪穗之间那充满罪恶与不幸的羁绊，就永远地埋藏在黑夜深处了。我们能从中得到的现实启示也许就是：在我们力所能及的范围内，尽可能地保护人心，保护脆弱的灵魂，避免悲剧的发生；但与此同时，面对命运之无常、人性之复杂，我们也应该有着基本的认知和心理准备。毕竟，艺术之源便是生活本身，生活永远比小说要复杂和精彩得多啊！

第六辑

· · · · · ·

读 张爱玲

《金锁记》：扭曲的母爱

　　对于很多文艺青年和阅读达人来说，张爱玲简直就是绕不过去的一课。从民国到现今，读者对她作品的热爱可谓长盛不衰。

　　张爱玲的一生也可以说极富传奇色彩。1920 年，她出生在上海，算是名门之后，祖父张佩纶是清末名臣，祖母李菊藕是晚清重臣李鸿章的二女。张爱玲曾说"出名要趁早"，这话她的确担当得起。她在幼年时期就表现出超凡的文学天赋，七岁写小说，十二岁发表作品。她在十八岁时发表的散文《天才梦》中，写下了一句感叹生命的名言："生命是一袭华美的袍，爬满了蚤子。"二十三岁那年，她又接连创作和发表了《金锁记》《倾城之恋》等小说，轰动文坛，一举成名。不过，在爱情和婚姻上，张爱玲的经历颇为坎坷。她一生有过两次婚姻。第一任丈夫胡兰成追随汪精卫而成为汉奸，又对她屡次背叛，二人婚姻最后破裂。第二任丈夫是她在美国结识的德裔美籍剧作家赖雅，可惜新婚不久赖雅就中风瘫痪，张爱玲照顾了他十一年，直到赖雅去世。此后二十多年，张爱玲一直过着幽居的生活，直到 1995 年 9 月在美国洛杉矶的寓所去世，享年七十五岁。

　　那么，作为张爱玲代表作的《金锁记》，到底讲述了一个什么样的故事呢？

一、一个女人扭曲的成长史

《金锁记》是一篇不到四万字的中篇小说，却在现代文学史上占有举足轻重的地位。傅雷将它和鲁迅的《狂人日记》并称，哥伦比亚大学的教授、评论家夏志清甚至称它为"中国自古以来最伟大的中短篇小说"。《金锁记》为何能得到如此推崇？答案是，因为它极其成功地刻画了一个典型的中国旧社会女性形象——曹七巧。

故事的背景是在晚清时代。七巧家里是开麻油铺的，属于典型的小市民家庭。虽然家境一般，但那时候的七巧像一只活泼自由的鸟儿，青春逼人、风流泼辣，有好几个男子都暗恋她。可惜由于七巧的哥哥贪图当地大户姜家的丰厚聘礼，七巧被迫嫁到了姜家。用咱们今天的话来说，七巧算是嫁入豪门了。但实际上，她的婚姻并不幸福，甚至从一开始就是一个悲剧。原来，她的丈夫，也就是姜家老二，是个从小就得了软骨病的残疾人。婆婆姜老太太是整个大家庭的家长，儿子媳妇每天都要向她毕恭毕敬地早请安、晚汇报。姜家是封建宗法体制下的一个典型家庭。如花似玉的七巧整天守着不能下床行走的残疾丈夫，欲哭无泪，她只能守活寡。死气沉沉的生活教给她的就是一个字——熬！

然而，在漫长的死灰一般的生活中，她也曾有过些许美好的内心悸动。她喜欢上了姜家老三季泽，也就是她的小叔子。这个小叔子表面看仪表堂堂，算是个风流公子哥儿，背地里吃喝嫖赌样样精通。季泽的外表和活力，无比吸引七巧。七巧也曾经主动向季泽示好。可季泽呢，虽然对七巧的美色垂涎三尺，可是他心底里还有一根底线：兔子不吃窝边草，自家的嫂子不能碰——万一风声泄露，这种不伦之恋的名声足以让他在家里和社会上都无法立足——与其冒天下之大不韪，还不如去外面拈花惹草。所以，季泽嘴上虽然跟七巧打情骂俏，但两人自始至终没有发生过实质性的关系。年复一年，七巧对爱情仅存的一丝希望之光也彻底熄灭了。

在姜家，七巧人前强撑，人后凄凉。她不仅在感情欲望上饱受压抑，而且还因为自己的小市民出身受到姜家上下明里暗里的排挤和鄙视，连小丫头们也在背后嚼她的舌根。她唯一盼望的就是，有朝一日能够熬出头，分得一份姜家的财产。爱情没了，青春没了，剩下的奔头就是财产，唯有钱才是念想，才是唯一的保障。

就这样，十年过去了，她终于熬到头了。残疾的丈夫和姜家老太相继去世，姜家开始分家产了。七巧带着年幼的儿子长白、女儿长安，以孤儿寡母的凄凉样子出场，大打悲情牌，希望能够得到照顾。然而，老三季泽由于平时吃喝玩乐，欠了家里很多公账，家族的财产早就不剩下多少了。姜老太太留下的那些首饰，也被九老太爷以"留个念想"的名义平分给了各家，老三还不用拿自己分到的那份首饰来抵债。如此一来，七巧根本得不到一点好处。她当场大哭大闹起来，对着季泽指桑骂槐，说大家欺负他们孤儿寡母。听到这儿，你也许感觉到了，这个时候七巧对昔日暗恋过的老三已经没什么情义可讲了，她要的就只是那一份她用十年青春、十年煎熬换取的财产。

最后，七巧用分来的钱另外买了房子，带着一双儿女单独过起了生活。不料几个月之后，季泽却突然登门拜访。七巧不知道季泽是什么来意，却特地换了一身漂亮的衣服去见他。两人见面之后，话语间互相挑逗，七巧冰封已久的心灵逐渐荡起了青春的涟漪。她不禁想，十年前这个让她迷恋的男人，说不定还可以和她演绎一段迟来的激情呢！然而，接下来的对话却让七巧逐渐清醒过来：这个男人表面上是来和她重温旧情，实际上不过是想打她财产的主意罢了。觉察到此，七巧当即掐灭了萌动的春心，瞬间竖起了浑身的刺，恶狠狠地、几乎像发疯一样地骂走了季泽。

可是，当季泽离开之后，七巧又赶紧跑上楼，到窗边追看季泽的背影。只见他"正在弄堂里往外走，长衫搭在臂上，晴天的风像一群白鸽子钻进他的纺绸裤褂里去，哪儿都钻到了，飘飘拍着翅子"。哇！读到这里，我不禁为张爱玲的细节描写功力拍案叫绝。这番场景，有多梦幻，就有多怅惘。那个男人的背影仿佛一场梦，这一阵风就吹散了曾经的幻梦，吹散了七巧与季泽之间残存的那一丝说不清、道不明的感情，最后什么也不剩了。

一个亲手砍断情丝的女人，是可怕的。只剩下财产和儿女的七巧，又是一个怎样的母亲呢？很不幸——她的狭隘、偏私和极度的不安全感，让她对儿女的感情也走向了变态。

俗话说，男大当婚，女大当嫁。儿子长白成年后娶了一个妻子，叫芝寿。芝寿称得上温婉贤淑，对待婆婆和丈夫都很讲礼数，却偏偏不受七巧的待见。七巧对待儿媳妇的手段可谓令人吃惊。她命令新婚不久的儿子彻夜为她捶背、烧烟——服侍她抽鸦片，不让他去陪伴儿媳妇，还从儿子口中探听他们夫妻之间的隐私之事，说白了，就是他们的性爱细节。然后呢，她又故意邀请她的亲家母和街坊邻居来家里打麻将，在闲谈的时候大谈儿子和儿媳妇的隐私，让亲家母难堪到当场走人。事情传到芝寿那儿，芝寿如五雷轰顶，顿时一病不起。书中写道，她直挺挺躺在床上，"搁在肋骨的两只手蜷曲着像死去的鸡的脚爪"一般。后来七巧又把一个丫头许配给儿子做了姨太太，并以同样的手段折磨她，不久之后这个第二任儿媳妇也吞食生鸦片自杀了。长白从此再也没有娶老婆，却经常出入妓院。

女儿长安，原本在洋学堂上学，由于七巧为了一点小事要去学校闹，结果女儿辍学了。等长安到了出嫁的年龄，上门提亲的几乎没有能被七巧看上的。因为她要找的亲家必须是有钱的，而且要比她家有钱得多，这样才能防止自己的家财流失。结果孩子的婚事给耽误了，直到三十岁，长安依然没有出嫁。好不容易，人家介绍了一个留洋回来的大龄男子，对长安很有好感，长安也久违地动了心。两人的年龄、兴趣都合得来，终于到了谈婚论嫁的时候。可偏偏就在这个节骨眼上，七巧又以对方可能是觊觎自家财产为由反对这门亲事。她背着女儿邀请男方到自己家里做客，故意轻描淡写地把长安吸食鸦片的习惯透露给男方——她并没有告诉对方，长安染上鸦片瘾只是为了治病，而且为了这份感情长安已经在努力戒鸦片了。果然，在接受过新式教育的男方眼里，这是个令他无法接受的"真相"：他没想到这样一个外表温婉的小姐，竟然抽鸦片抽了整整十年！就这样，这段姻缘无疾而终，长安的幸福彻底被葬送了。

就这样，七巧把身边所有人的生活都毁了。故事的最后，七巧似睡非睡地横在烟铺上，死了。死之前，她回想起自己年轻的时候，街坊里也曾有好几个男人喜欢她。哪怕他们"也许只是喜欢跟她开开玩笑，然而如果她挑中了他们之中的一个，往后日子久了，生了孩子，男人多少对她有点真心"。她这样想着，甚至流了两滴泪，一滴滴在枕头上，她揣了；另一滴却也懒得去擦了，任它在脸上自己干掉。

当我们都以为故事就这样在悲哀中完结的时候，张爱玲却在最后一句中写道："三十年前的月亮早已沉了下去，三十年前的人也死了，然而三十年前的故事还没完——完不了。"她暗示着，这个女人、这个家庭和这个时代的悲剧，日后也许还会再度上演。

二、被"敌意"环绕的人生

从出嫁的那一天开始，七巧的人生就陷入了"敌意"的包围之中。这种"敌意"，有的来自他人的加害，有的则来自七巧因长期缺乏安全感而产生的臆想。

七巧的哥哥贪图人家的彩礼，把她嫁给了一个残疾人。兄妹亲情输给了钱财，她感受到了来自兄长的恶意。嫁到姜家以后，她不仅要照顾长期卧床的丈夫，还要面对威严的婆婆、彼此猜忌的妯娌和关系不太融洽的小姑子。在这大家庭中，除了她无能的丈夫和一对儿女外，其余的人都对她带有或明或暗的"敌意"。为了熬出头，最终分得那一份家产，她必须警惕一切不怀好意的拦路虎，包括险些成为她情人的那个男人——姜家老三季泽。分家之后，当老三季泽上门找她诉说柔情蜜意的时候，她觉察到了老三觊觎她家产的歹意，主动掐灭了激情的火焰，回归理性。当时的七巧其实对爱情还抱有一丝幻想，如果她没有当场戳穿老三的阴谋，而是选择刻意迎合，两人可能会演绎出一段迟来的"爱"，尽管这种"爱"是有悖伦理的。从心理和生理的双重角度来看，长期守活寡的七巧需要爱与激情的滋润；然而，当她想到财产可能被瓜分的后果，她便果断放弃了飘浮的浪漫，主动选择坚守自己的家业。这种清醒和决断，说明七巧经历了十来年的煎熬之后，已经练就出内心的狠劲，包括对自己的狠和对他人的绝！

法国存在主义哲学家萨特在戏剧《禁闭》中有一句经典的台词："他人即地狱！"是的，七巧的生存环境就是这种状态。她与环境的关系非常紧张，缺乏安全感。她的一生是一个悲剧，她没有了青春、爱情和幸福，只能把经济作为她一生的追求和保障。不安全感带来的警惕性，让她时刻都觉得周边的人不怀好意。长期缺少爱，缺少幸福，让她变得狭隘和偏执。她嫉妒他人的幸福，破坏他人的幸福，以至到了连自己的亲生儿女也不放过的地步。

在传统文学当中，母亲这个形象多是慈爱、宽厚的；但张爱玲刻画的母亲形象则不同，她笔下的母女之间常满是隔阂和淡漠。比如在她的另一部作品《倾城之恋》中，女主角白流苏离婚后寄居娘家，当哥哥嫂嫂们都欺侮白流苏并想将她挤对出门的时候，母亲非但没有站出来庇护女儿，还说了些避重就轻的话为哥嫂开脱，这令白流苏对母亲彻底心灰意冷。在《金锁记》中，曹七巧更是一个"恶魔"般的母亲。张爱玲小说中频繁出现母女关系紧张模式，有评论者将它归因张爱玲在生活中的实际遭遇——张爱玲本人和她母亲的关系一直不好。这种说法应该是有道理的。

回到《金锁记》。七巧对她的女儿长安不仅是冷漠，甚至可以称得上残忍。首先，她从没把女儿的心情当一回事。她送长安去学校读书，只是为了和姜家大房三房的儿女们较劲。女儿好不容易在学校找到了乐趣和归属感，她却因为女儿不小心丢掉褥单这样的事吵着要到学校里闹，让女儿觉得很没面子，主动退了学。可临退学了，七巧还要专门去学校把校长羞辱一番，搞得长安在街上见了旧同学都不敢打招呼。长安长大之后，七巧又对女儿的恋爱冷言冷语，并用计亲手埋葬了女儿的婚姻和幸福。她表面上是要防范来自他人的敌意，阻止未来女婿侵占她的家产，而内心可能认为男人都是不可靠的；更有可能的是，她无法忍受女儿能顺顺当当地享受到幸福人生。这是一种畸形的心理。

对于儿子长白的婚姻，七巧的心理更是变态。一方面，她让儿子结婚，但另一方面，她又不能容许另一个女人与她分享儿子的爱。对儿子的爱，是她专有的权利，儿子是天底下唯一一个对她不会有"敌意"的男人。这样的一个男人，怎能让别的女人去爱呢？你小子可别娶了媳妇儿忘了娘！这是七巧对儿子的警告，也是对爱的专有主权的宣誓。当儿子和儿媳妇还处于新婚蜜月期，她就责令儿子整晚给自己捶背，为自己烧烟，让他彻夜不能回去陪新娘子。有一句话说得好，有强势的母亲，必然会有懦弱的儿子。长白就是这样的情况。他为强势、专制的母亲所控制，放任母亲对新婚妻子的冷暴力和无情折磨，结果将妻子芝寿逼上了绝路。七巧把儿媳妇视为敌人，视为来侵占她的家产、抢夺她的爱的人。她没有享受过爱情与婚姻的甜蜜，又怎能忍受儿媳妇享受这一份奢侈的幸福呢？于是，她便以大肆宣扬芝寿隐私的方式，在精神上疯狂地侮辱和折磨无辜的芝寿。

在书中，芝寿曾在某个黑夜里怨愤地想："这是个疯狂的世界。丈夫不像个丈夫，婆婆也不像个婆婆。不是他们疯了，就是她疯了。"是七巧用疯狂的举动逼死了儿媳，也亲手葬送了儿子的幸福。试想，在生活中如果有如此强势、专制的母亲，儿子又怎能找到合适的媳妇呢？即便找到了，家庭关系又怎能和谐长久呢？

七巧的身世是可怜的，但是可怜之人定有可恨之处。她像一只饥饿的狼犬拼死守卫着一根骨头，时刻提防，时刻准备战斗，准备撕咬……世界对她而言是一个黑暗的洞窟，而她自己最终也成为一个吃人肉、吸人血的魔鬼。

三、三把命运之"锁"

张爱玲曾说，七巧是她笔下最彻底的一个人，她是一个悲剧，因为她一生都没能从锁扣中逃离出去。这也是《金锁记》这个书名所暗含的隐喻。其实"金锁"二字包含了三重隐喻，分别是婚姻之锁、情欲之锁和金钱之锁。

这三把无形的锁对人性的戕害至极，却又无迹可寻——看不见、摸不着，却能杀人于无形，可谓是三把杀人不见血的刀。从小说的具体描述中，我们似乎找不到一个确凿的凶手，却又看到血淋淋的悲剧命运。你看，七巧嫁给残疾的姜家老二，守活寡，却"破格"从姨太太升到了正房，这看似是一件很光荣的事情，贪图彩礼的哥哥也认为自己替妹妹找到了一个大户人家，是为妹妹谋了幸福。再来看七巧对自己的儿女，丈夫去世之后，她凭借一己之力将一对儿女抚养大，没有改嫁再婚，还送女儿去学校，给儿子讨媳妇，看上去也貌似尽到了母亲应尽的责任。除此之外，七巧对待儿媳妇，虽然态度不太热乎，但读者又何曾见到她拿出棍棒、刀子对付对方呢？读者甚至没有看到婆媳之间有半句直接的争吵。所以，你在小说中根本找不到一个直接的、具体的凶手。

这就是张爱玲创作的高妙之处！此等高妙在一定程度上可以与中国古典四大名著之一的《红楼梦》中的手法相媲美。《红楼梦》中，大观园里的宝玉和那些女儿们一个个走向悲剧的宿命，却也一样很少能找到一个手持利刃、凶神恶煞的坏人或凶手。既然是悲剧，必然有产生悲剧的原因。肇事的"凶手"究竟何在呢？其实，正在于无形的制度与环境，也就是前面讲到过的三把无形之锁。

第一把锁是婚姻之锁。七巧的婚姻悲剧缘于封建制度下的门第等世俗观念。姜家是豪门大族，曹家只是市井小家，曹家的女孩照理是无法高攀姜家的。现在姜家的老二是残疾人，这刚好就填平了双方门第的落差。七巧嫁给残疾的老二，在当时的观念中是一种"等值的交换"。这种封建世俗铸就的婚姻之锁，从七巧嫁入姜家的第一天开始就掐住了她命运的咽喉。

第二把锁是情欲之锁。故事发生在晚清与民国相交的时候，此时的中国社会虽然有了新思想的冲击，但是对于很多旧式家庭来说，男尊女卑的思想还是一种顽固的存在。七巧看似很强势很厉害，但是将之放在男权社会的大背景中来看，她和整个女性群体一样，仍然是弱者。她嫁了一个残疾丈夫，常年守活寡，青春靓丽的她也有对性和爱情的合理需求，却终生得不到满足，只能强行压抑着。她曾经对老三季泽有过情愫，但毕竟她是一个处于男权藩篱之中的女人，终究没敢越雷池一步。相反，老三季泽作为一个风流的公子哥儿，却可以放肆地在外面花天酒地、玩弄女人。对于女人的出轨，人们会嗤之以鼻，认为是不贞不洁；而对于男人的出轨，人们却会报以会心一笑，认为那是风流韵事。这样的双重标准，其实折射的是男权社会的观念。可怕的是，这种男权主导的世俗观念在当今世界依然存在。美国前总统克林顿与莱温斯基的花边新闻曝光之后，最受伤的反倒是女方，大众并没有觉得克林顿犯下什么不可饶恕的罪过。克林顿道了歉之后，不仅保住了总统宝座，还因为这种"坦白"获得了更多民众的好感。试想，如果换成一位女总统出了这样的事儿，那该会如何收场呢？

第三把锁是金钱之锁。七巧牺牲了自己的青春、婚姻和情欲，在姜家煎熬了十多年，最终所图就只有一个——分得一份家产。金钱，是她最后的救命稻草，是她余生中的全部执念。所以，在分家产的时候她撕破脸皮，在明白老三为财而来的时候她发疯似的把他骂走，甚至在娶媳妇、招女婿的时候，她也时刻提防别人觊觎自己的家产，最终儿女都做了她的牺牲品。

正是这三把命运之锁，将七巧从一个温情、正常的少女变成阴损、狠毒的"吃人者"。用小说结尾的话来说："三十年来她戴着黄金的枷。她用那沉重的枷角劈杀了几个人，没死的也送了半条命。"在故事中，被她"劈杀"的有两个儿媳妇，还有送了半条命的她的亲生儿子和女儿。

到这里，这个令人震撼、唏嘘的故事就讲完了。但张爱玲创作天才的表现，可不仅在一部《金锁记》里。

《半生缘》：回不去的"我们"

民国才女张爱玲的小说创作以中短篇为主，《半生缘》则是她的第一部长篇小说。我们知道，她的作品多描写女性命运，而且大多是悲剧，具有一种苍凉之风；而《半生缘》就是张爱玲留给读者的又一个"苍凉的手势"。这部作品特别有名，可以这么说，如果你要与人聊张爱玲，甚至聊整个民国的文学，《半生缘》几乎都是一部绕不过去的作品。

1997年，这部小说由香港女导演许鞍华拍成了电影，该片的演员阵容特别强大，有许多明星大腕、老戏骨，像吴倩莲、黎明、梅艳芳、葛优、黄磊等在其中担任角色。2003年内地也推出了由林心如、蒋勤勤主演的《半生缘》电视剧。我呢，那些年还算是个文艺青年，一不小心就把《半生缘》的小说、电影、电视剧看了个遍。若要问感觉如何，对比来看，我比较推荐许鞍华导演的电影版。这基于两个原因，一是它忠于原著，二是不啰唆。电视剧三十五集，用脚趾头也能想到里面必然会"注水"。不过，我首先推荐的是读原著，当你读懂那些渗透到字里行间的油墨清香，才能体会到张爱玲文字的细腻之美。当然，听了我的解读再去读原著，将更能体会其中妙不可言的味道。

下面，我将从三个方面入手来谈这部小说。一是"回不去的'我们'"，介绍小说的情节梗概；二是"不及时'排毒'，爱必生恨"，解析人物性格与悲剧成因；三是"爱需要勇敢"，探讨应该如何突破爱的阻碍。

一、回不去的"我们"

张爱玲喜欢写上海，写民国的上海，这部书也不例外。20世纪 30 年代，在上海的弄堂里有一个普通的市民家庭。这户人家姓顾，有一对姐妹花名叫曼璐和曼桢。顾父早逝，家道中落。为了养活一大家七口人，供弟弟妹妹读书，十七岁的姐姐曼璐离开了初恋情人，沦落风尘，做起了舞女，靠出卖肉体赚钱。妹妹曼桢则是一个温婉清纯的姑娘，从学校毕业之后，进入一家工厂工作。曼桢在工厂里结识了她的同事，也就是一号男主沈世均。沈世均是一位刚从大学毕业的小鲜肉，人长得帅，性格内向，不太健谈，但是举手投足很有修养。他来自南京的大户人家，父亲经营着很大的产业。两人交往多了，日久生情，惺惺相惜，就这样一段犹如童话般浪漫、纯美的爱情故事开始了。

可这艘爱情的小船，能够一帆风顺吗？

谈婚论嫁的时候到了，问题也来了。当沈世均带曼桢去南京见父母的时候，世均的父亲觉得眼前这女孩有些眼熟。后来他弄明白了，他以前遇见的一位舞女就是曼桢的姐姐——说白了，道貌岸然的他曾经在风月场所与做舞女的曼璐有过交际。这样，阴影来了，世均的父母对于曼桢的家庭不满意。尽管世均一再表示对曼桢姐姐的身世并不在意，认为舞女也有好的，但毕竟二人还是受到了阻挠。于是，婚事就暂且搁置了。这个时候，凭借两人炙热的情感，照理说也是可以冲破世俗束缚的——他们的爱情依然还闪烁着希望之光。

然而，雪上加霜的事发生了。做舞女终究不能长久，曼璐转眼就到了快三十的年纪，青春与容颜逐渐逝去，她不得不赶紧为自己找一张"长期饭票"，于是她嫁给了一个投机商人——祝鸿才。两人生活了一段时间之后，这个发了横财的祝鸿才开始对曼璐家暴，而且经常眠花宿柳。因为身体原因而无法生育的曼璐感到了婚姻和人生的危机，她知道，照此下去，祝鸿才将她抛弃、重新再娶是迟早的事儿。

经过观察和谋划，曼璐策划并实施了一项令人发指的罪恶计划。她知道祝鸿才对她清纯的妹妹垂涎已久。有一天，曼璐生病了，她让曼桢过来照顾她，就在这天夜晚，在她的唆使和协助下，祝鸿才强暴了曼桢。姐妹亲情就此泯灭。曼桢被长期幽禁，被迫生下了祝鸿才的孩子。这就是曼璐亲手策划的"借腹生子"计划，目的就是要留住男人的心，保住她婚姻和物质的依靠。她得逞了，可妹妹的一生却给她毁了。

在此期间，曼桢和世均的通信也被断绝了，二人咫尺天涯。曼璐用谎言欺骗世均，说妹妹已经另嫁他人，不愿意见他了；而曼桢写给世均的信，也被世均的家人销毁。阴差阳错，世均最后在家人的撮合之下娶了他并不爱的女人。

被幽禁了一段时间后，曼桢在医院生下了孩子，她找机会逃出了魔窟，去了一所学校教书。十四年后，世均整理书房，无意中翻到了当年的一封信，纸张已经发黄，上面写道："我要你知道，在这个世界上总有一个人是等着你的，不管在什么时候，不管在什么地方，反正你知道，总有这么个人。"当年曼桢的这封信，又勾起了世均的万千愁绪。几天之后，世均从朋友叔惠那里得知了曼桢的电话。十多年后，两人重逢，相拥而泣，恍如隔世。曼桢说："世均，我们回不去了。"短短的一句"我们回不去了"，何其沉重！一段被欲望毁灭的亲情，一段无端被毁灭的爱情，可谓是生命不能承受之重啊！曼桢问："世均，你幸福吗？"世均不知道该如何描述自己这些年的婚姻，他想，也许爱不是热情，也不是怀念，不过是岁月，年深月久成了生活的一部分。沉默了一会儿，他答道："我只要你幸福。"就这样，故事在无边的怅惘中结束了。

二、不及时"排毒"，爱必生恨

《半生缘》是一个悲剧故事。亲情泯灭、爱情落空，是它的情感主题。小说的前半部分总体上还是欢快的基调，爱情甜蜜、家庭和睦；后半部分却突然翻转，换成了悲苦、苍凉的色调。情节反转的枢纽在于曼璐、曼桢姐妹亲情的泯灭，其中推动情节反转的重要引擎就是曼璐心态的变化，关键节点就是她设计圈套让妹妹遭到了强暴。这些年来，很多人从社会原因、时代背景和女权主义等角度分析产生这个悲剧的原因。这里我不想过多地重复。我想谈的另一个阅读感受是：无论是亲情还是爱情，如果不及时"排毒"，爱必生怨，爱必生恨。有句广告词很流行，叫作"排毒养颜"，这里把它借用过来，叫作"排毒养心"。

读罢小说我们很容易发现，故事中有个大恶人，堪称蛇蝎美人，那就是姐姐曼璐。的确，她戕害妹妹、借腹生子的恶行，令人发指。但我们要思考的问题是，这个曾经为了全家生计而无私奉献的姐姐，为何就变成了蛇蝎心肠呢？张爱玲的高妙之处就在于把恶人的恶、坏人的坏都写得很有来由。曼璐由善变恶是有先兆的，也是符合逻辑的。

　　前面说过，曼璐嫁给祝鸿才不久就感到了婚姻不幸福。可是，少女时代的她也曾经有过清纯而美好的爱情。那时候，她和一个叫张豫瑾的男子谈恋爱。豫瑾是学医的，是个有为的知识青年。后来，曼璐来上海做了舞女，不得不主动和豫瑾断了联系。多年后，两人却有了意外的相遇，这次相遇也成为曼璐由善变恶的重要转折点。

　　当时，豫瑾从家乡来上海出差，在曼璐的娘家住了半个月，顾太太便把曼璐出嫁前住的房间给他住。这时候的豫瑾已经是一家医院的院长了，却一直未娶，长辈们都觉得他对曼璐余情未了。是否真的如此呢？事实上，豫瑾得知早年的恋人曼璐已经嫁人之后，确实是有些失落，但不久后他就释然了，因为他知道曼璐嫁了个有钱人。曾经所爱有了好归宿，自然也是好事。与此同时，豫瑾发现，几年不见的曼桢已经长成了楚楚动人的大姑娘。曼桢对他也很热情，主动帮助他收拾房间，还把自己的书送给他看。于是豫瑾有了追求曼桢的心思，曼桢家里人也想撮合他们两人谈恋爱。可是，当豫瑾向曼桢表白的时候，却遭到了婉拒，因为曼桢心里正爱着沈世均。

　　就在这当口，曼璐来了。她偶然得知豫瑾在上海，心口旧情再次燃起，便专门过来要见他一面。她特意穿了一件深紫色的衣服，因为当年她和豫瑾热恋的时候，豫瑾曾说很喜欢看她穿深紫色的绸旗袍。本以为可以共同回顾以前的美好，可是，见面之后的情形却出乎意料的尴尬。大家来看看豫瑾和曼璐当时的对话：

　　曼璐抱着胳膊，两肘撑在床栏杆上，她低着眼皮，抚摸着自己的手臂，幽幽地道："其实你不该上这儿来的。难得到上海来一趟，应当高高兴兴的玩玩。……我真希望你把我这人忘了。"

她这一席话，豫瑾倒觉得很难置答。她以为他还在那里迷恋着她呢。他也无法辩白。他顿了一顿，便道："从前那些话还提它干吗……"

曼璐没想到，豫瑾把从前的一切都否定了，她所珍惜的回忆，豫瑾已经羞于承认了。"曼璐身上穿着那件紫色的衣服，顿时觉得芒刺在背，浑身都像火烧似的。她恨不得把那件衣服撕成破布条子。"

豫瑾走后，她发现枕边的书是妹妹的书，桌上的台灯也是妹妹的。这时候的她醋意顿起，她以为妹妹在脚踩两只船，一边和沈世均谈恋爱，一边和豫瑾玩暧昧。要知道，豫瑾的身上寄托着她少女时代清纯的爱情梦想，可眼下这就要被妹妹夺走了。一想到自己为了妹妹为了家庭，出卖了青春和爱情，而妹妹却"坐享其成"去和自己的男朋友谈恋爱，曼璐内心的醋意逐渐演变成恨意。这就为她之后设计残害妹妹埋下了伏笔。

其实这完全是一场误会。首先，曼桢并不打算和豫瑾谈恋爱；其次，她心底里对姐姐是有着感激和愧疚的。当人人都看不起曼璐的时候，只有她还维护和怜惜姐姐，在世均面前为姐姐说话。可是，她的这份感恩却没有当面传达给曼璐；而家里其他人，像母亲、奶奶等人，从未直接对曼璐表示过感激。也许你会说，这很难开口呀！这的确是中国人的一种普遍心理，往往羞于当面表达对亲人、恋人的感谢、感激和感恩。而欧美发达国家的亲人、朋友见面之后，经常会热情地拥抱，勇敢地表达：

I love you!（我爱你!）Thanks for your help.（感谢你的帮助!）You are so kind.（你真好!）这种热情外露的话语，在咱们中国是不多见的，尤其是在小说里的那个年代。在故事中，曼桢虽然在人后表达过对姐姐的理解和感激，但却从未当面对她说出来。

　　不过，人心是复杂的，姐妹之间感情决裂的原因，也并不完全在于"不表达"。曼璐固然是这个家庭的"功臣"，但可悲的是，她也因此成了这个家庭名声上的一个负累；尤其是对清白的曼桢来说，姐姐的身份会阻碍她获得幸福。善良如曼桢，在长大成人面临现实的诸多难题后，内心多多少少也会以姐姐的职业为耻，感觉她有辱门庭；尤其是后来，当沈世均的家里因为她姐姐的缘故而反对婚事时，她甚至从心底里对姐姐产生了怨恨。小说中有一个细节描写得很到位。那一天，曼璐装病骗来曼桢，显出极度虚弱的样子，并且故意说医生已经判定她病危了。这时，曼桢的心头忽然闪过一个念头：如果姐姐就此死去就好了，这样她婚姻的障碍就消除了。一想到这里，她又马上责怪自己不该有这样的恶念，姐姐一直对她很好，这样的恶念不道德。这种幽微的心理写得太到位了。人们常说，一念成佛，一念成魔。原来，是人皆可以成魔啊！妹妹潜意识里也曾冒出过恶念，只是最终恶念被掐灭。姐姐呢，则是已经打开了"潘多拉的魔盒"，再也没有关上。

　　再来看她们的母亲。很多人说，母亲在这个故事里可以说是既无能又无知，是姐妹悲剧的推手。她虽然也感激大女儿为家庭的付出，但是后来，随着曼璐年龄大了，她就不停地催她出嫁。虽然一方面是希望女儿尽早有个好归宿，但另一方面，也是不想她老是待在家里给家庭带来声誉上的影响，影响弟弟妹妹今后的婚姻和前程。她看上去挺关心曼璐，但对于母亲的心思，机警的曼璐心里早就跟明镜似的。

就这样，曼璐既得不到家人正面的感激，也得不到他们实际的帮助；而且，婚后不久就屡遭家暴。丈夫在外拈花惹草，自己又没有生育能力和生存能力，她在精神上被逼到了绝路。于是，她终于抛开了亲情和良知，想到了利用妹妹来借腹生子的毒计。

之前，她并没有想到这一点。当初祝鸿才三番五次打曼桢歪心思的时候，曼璐总是责骂祝鸿才，警告他不要痴心妄想。后来之所以会走到助纣为虐的地步——不仅做帮凶，而且搞策划——经过前面的分析，我们就可以发现，这是情感逻辑发展的必然。倘使先前姐妹之间、母女之间有很好的交流，彼此都照顾到对方的心理需求，曼璐的心态很可能不会变成这样。在这个过程中，曼璐一直在堆积屈辱、失望、恐惧等负面情绪，如果她能及时地减压、排毒，或许悲剧就不会发生。后来小说中有这样一个情节，当曼桢知道自己被姐姐设计陷害后，狠狠地扇了她一巴掌，曼璐摸着火辣辣的脸，看着曼桢一副烈女的模样，冷笑了一声道：

哼，倒想不到，我们家里出了这么个烈女，啊？我那时候要是个烈女，我们一家子全饿死了！我做舞女做妓女，不也受人家欺负，我上哪儿去撒娇去？我也是跟你一样的人，一样姊妹两个，凭什么我就这样贱，你就尊贵到这样地步？

曼璐的声音越来越高，最后几乎到了号叫的地步。这是她在"理直气壮"地向妹妹索要回报，索要公平，索要幸福。是的，生活中没有人不需要感激，否则正面的情绪迟早会被掏空的。

联想我们身边的现实，我们有没有对长期奉献的亲人当面说过感谢、表达过感激呢？是否也曾经把亲人的默默付出视为一种当然呢？对父母、对兄弟姊妹，乃至对朋友，如果一旦将其付出视为理所当然，而不去感谢、感恩，那将是一种残忍，甚至会是一种危险。所以，无论是亲情还是友情、爱情，有爱就要适当地说出来；而有怨呢，就要及时排遣。唯有如此，爱才能长久。对于向来以含蓄著称的中国人而言，表达爱需要技巧，更需要勇敢。

三、爱需要勇敢

分析完顾家姐妹亲情决裂的原因之后，我们回到曼桢与世均的爱情。导致这场爱情以悲剧收场的原因，除了曼璐的加害之外，两人自身也有问题，那就是他俩对于爱缺乏足够的勇气。曼璐的加害只是外因，他俩不够勇敢才是内因。爱得不够勇敢，这一点在男方世均身上尤为明显。世均是一个柔善、内向的好青年，但在他的性格中也存在懦弱的特点。他和曼桢互生好感时，他就腼腆而迟疑，兜兜转转好久才表白。

小说开篇不久，就通过很多细节去表现世均的这种性格。有一天，世均与曼桢，还有一位同事，一起在餐馆吃饭。由于相识不久，又加上面对心仪的女性，世均显得又紧张又刻意。即便是拿放筷子这样的小动作，张爱玲也将它铺展成一场丰富

多彩的心理戏份。曼桢表现得比较自然，热情地用茶水为大家
涮了筷子，随后把自己的筷子放在了茶杯上。而世均呢，对比
之下竟有些扭扭捏捏的，大家不妨看一下书中的描写：

> 世均把筷子接了过来，依旧搁在桌上。搁下之后，忽然一
> 个转念，桌上这样油腻腻的，这一搁下，这双筷子算是白洗了，
> 我这样子好像满不在乎似的，人家给我洗筷子倒仿佛是多事了，
> 反而使她自己觉得她是殷勤过分了。他这样一想，赶紧又把筷
> 子拿起来，也学她的样子端端正正架在茶杯上面，而且很小心
> 的把两只筷子头比齐了。其实筷子要是沾脏了也已经脏了，这
> 不是掩人耳目的事么？

　　曾经有过类似心理体验的人，读到此处一定会会心一笑。
当恋爱的小船处于顺流的时候，男人的这种腼腆或许还有几分
可爱；可一旦遭遇到逆流，遇到严酷的现实问题时，这种腼腆
可能就是迟疑和懦弱的代名词了。

　　后来，两人终于走到了谈婚论嫁的时刻。可是，世均的家
里人因为曼桢姐姐的身份而反对这门婚事。姐姐做舞女的经历，
成了横在两人结婚道路上的一道坎。世均对此也有过一点质疑
和反抗，但也仅限于此。总的来看，他的争取和反抗是缺乏力
度的。尤其是在父亲决定把家业交给他来经营之后，世均对门第、
荣誉和前程等因素的考虑多起来，他开始在家族和爱情之间摇
摆。一方面他不敢直接去说服父亲，让家人放弃成见；另一方
面他却想让曼桢一家搬家，搬离上海——他愿意暗中资助一些
搬家费——他觉得只要曼桢的家人搬走了，自己的父母就没有

办法调查曼桢的家庭背景了，曼桢姐姐存在的痕迹也就抹掉了。对于这种掩耳盗铃的办法，曼桢并不认可，她主张直接把这事摊开了说；因为她不能让自己的姐姐受委屈，况且接受她就应该接受她的家庭，包括她的姐姐。

这时候，世均却说："我对你姊姊的身世一直是非常同情的，不过一般人的看法跟我们是两样的。一个人在社会上做人，有时候不能不——"

没等他说完，曼桢便接口道："有时候不能不拿点勇气出来！"

是的，这话接得太好了！"不能不拿点勇气出来"，既然要爱，为何不愿意勇敢站出来直面问题呢？

世均的父亲曾经是舞女曼璐的客人，此刻又以卫道士的姿态来蔑视曼桢。当世均在为父亲的反对寻找合理性的时候，曼桢进一步质问："不知道嫖客和妓女谁更不道德？！"这话掷地有声，是对封建卫道士的有力反诘，好似一记有力的耳光。

可见，曼桢虽然外表温婉、文静，但却比世均更多一份清醒和勇敢，相比之下，世均懦弱、迟疑，为心爱的人努力得不够。也正是因为爱得不够勇敢，在曼桢被幽禁之后，世均才会轻易地相信曼璐的谎言，很快就放弃了对曼桢的找寻。有人甚至断言：即便没有曼璐，曼桢与世均的结合也未必能顺遂、幸福。爱情是一艘船，每当风浪来临的时候，女性往往会比男性表现出更多的勇敢和坚韧。要不你看看中国传统的戏曲、小说，再看看咱们身边，这样的例子还少吗？

前面说了，曼桢姐姐的舞女身份成了世均与曼桢结婚的一道坎，如何迈过这道坎成了一道必答题。其实现实生活中，我们的恋爱和婚姻也会面临这样那样的问题。婚姻是男女双方两个人的事，但又不仅仅是两个人的事，还牵涉双方的家庭。当面对家庭、经济、地位、文化背景等诸多因素的考量时，你该如何抉择呢？看了世均与曼桢的经历，我们可以获得这样的启示：除非不去爱，如果爱，不仅要接受对方本人，还要接受对方的家庭和文化背景——逃避终究不是办法。

我有一回看电视相亲节目《非诚勿扰》，有个女嘉宾的爱情宣言是"爱我就爱我的狗"。这话儿乍听起来有点蛮不讲理，细想一下便觉得真有几分道理，这就是咱们老祖宗讲的"爱屋及乌"呀！是的，爱，尤其是真爱，需要包容，更需要勇敢。

《沉香屑·第一炉香》：
清纯少女的清醒堕落史

　　《沉香屑·第一炉香》是张爱玲的一部中篇小说，篇幅不算长，却是张爱玲的成名之作。1943 年，《沉香屑·第一炉香》发表在当时上海著名的鸳鸯蝴蝶派刊物《紫罗兰》上，受到读者的喜爱，从此她在上海文坛一炮走红。这一年她年仅二十三岁！张爱玲有句名言"出名要趁早"，这句话，她的确担当得起。这篇小说的题目很有意思，叫作《沉香屑·第一炉香》。提到"沉香"，大家一定不会陌生，那是一种带有树脂、带有香味的木材，也是一种非常名贵的香料。沉香可以泡茶、入药、焚香，还可以做家具、首饰。我曾参观过广东东莞寮步镇的中国沉香文化博物馆，规模之宏大、设施之华美、沉香种类之繁多令人叹为观止。而"沉香屑"，就是指用沉香木屑做的香。

　　在故事的开头，张爱玲写道："请您寻出家传的霉绿斑斓的铜香炉，点上一炉沉香屑，听我说一支战前香港的故事。您这一炉沉香屑点完了，我的故事也该完了。"那么，下面就请让我们伴随着缭绕的香雾，一起来平心静气地体会这"第一炉香"的味道吧。

一、从女学生到交际花

我们先来讲讲小说的主要内容。小说以二战时期日本侵华战争为背景，故事的发生地在香港。女主人公名叫葛薇龙，故事的主线就是讲述她如何从一位清纯的女中学生堕落成香港洋场上的交际花。

1937 年，日军进攻上海。为了躲避战难，葛薇龙随父母从上海来到了香港，在这里继续上中学。过了一两年，上海的局势有所缓和，加之香港物价飞涨，葛家经济拮据，难以在香港维持生计，于是葛薇龙的父母决心返回上海。因为再过一两年就要中学毕业了，葛薇龙不愿意放弃香港的学业——可父母无力为她继续支付在香港的生活费和学费。为了解决眼前的困境，葛薇龙想到了去投奔在香港的姑妈——梁太太。梁太太与葛薇龙的父亲是姐弟关系，她比葛薇龙的父亲大两岁。当年，姑妈正值青春时期，长相也比较出众，为了找个有钱人做依靠，她嫁给香港一位年过六旬、姓梁的富豪做四姨太。薇龙的父亲认为姐姐自甘下贱，有辱家门，于是就和她断绝了往来。兄妹二人从此结下了梁子。即便是在香港避难的这两年，无论经济再怎么紧张，薇龙的父亲也没有联络过同在一座城市的姐姐。梁姓富豪去世之后，姑妈如愿以偿地分得了一大笔遗产，成了在上流社会声色场里纵情欢乐的人物。这位年过不惑的富婆，风韵犹存，成天忙于各种应酬——办宴会、打牌、跳舞。她处心积虑地笼络各种所谓"优质男人"，有钱有势的老男人和粉嫩英俊的小鲜肉都是她猎捕的对象。

葛薇龙也知道这位交际花姑妈的名声不太好，可是为了能够留在香港继续学业，她也只好背着父母来寻求姑妈的帮助。初次见面，姑妈并没有给她好脸色看。原因有二：一是要把一二十年来对娘家兄弟的怨气统统发泄到年轻的侄女身上；二是就在葛薇龙来访的当口，她正在生一个小鲜肉的气。这个小鲜肉名叫乔琪，外出活动的时候他居然把梁太太当作电灯泡，和别的女人勾搭在一起。这岂能不让梁太太恼火？！这不，葛薇龙一来，刚好撞在枪口上。可是不久，姑妈又改变了态度，答应资助侄女，并且让侄女住在她的别墅里。听到这儿，你也许会觉得这位姑妈还是有点亲情的，毕竟"血浓于水"嘛！可是，事情并没有那么简单。听了后面的情节，你才会知道，原来这位姑妈，也就是梁太太的善举是别有所图，隐藏着不可告人的秘密。

　　原来，梁太太尽管还风韵犹存，打扮得也符合香港洋场的潮流，可毕竟是年近半百的人，早已是美人迟暮了。她这朵交际场上的残花对于男人的吸引力和驾驭力都已经大不如前了。为了继续笼络那些男人，梁太太想了很多办法，除了注意自己的梳妆打扮之外，还利用家里的年轻女仆去吸引男人们。可她后来发现，女仆一旦找到了合适的男人，便渐渐脱离了她的掌控。因此，她需要一位既能帮助她吸引男人又能甘愿受她掌控的年轻女孩。就在这个节骨眼上，她的侄女——一位年轻貌美、涉世未深的女学生出现了。

　　应该说，没来梁太太家之前，薇龙的确是一个尚未涉世的纯真少女；但从住进梁太太家之后，她就开始自甘堕落了。

　　住进别墅的第一天，薇龙欣喜地发现她的房间是二楼一间独立的卧室；更令她惊喜的是，卧室的衣橱里是几十套崭新的各色衣服，睡衣、家居服、运动服、晚礼服一应俱全。小说中写道：

> 家常的织锦袍子，纱的，绸的，软缎的，短外套，长外套，海滩上用的披风，睡衣，浴衣，夜礼服，喝鸡尾酒的下午服，在家见客穿的半正式的晚餐服，色色俱全。

你瞧，这么多品种的衣服又岂是一个女学生用得着的？原来，姑妈根据她的身材，早就为她定做了各种服饰。姑妈还希望她能学会打网球，还要能弹一些钢琴曲，甚至还能喝一点酒。说到这儿，你也许明白了，这位姑妈是要让葛薇龙提前"备课"。备什么课呢？备好准备走入社会，走入交际场所的功课。姑妈的意图虽然没有明说，但凭借聪明而机警的少女心，薇龙其实是能够揣度明白的。刚开始的时候，一想到姑妈的真实企图，她就会不寒而栗，想要退出。可是，面对姑妈提供的如此优渥的生活条件，她又掐灭了离开的想法。尤其是，在参加了几次宴会、园会之后，她渐渐受人关注，逐渐成了交际场上的一颗新星，这时候她开始享受这种关注，享受这个过程了。我们说，环境可以成就人，也可以让人沉沦。渐渐的，葛薇龙的兴趣不再是完成学业，而是如何去练就与人周旋的手段，尤其是俘获男性的手段。

然而，和她那位经验丰富的姑妈相比，葛薇龙毕竟还是稚嫩的。她终究只是姑妈笼络男性的一枚棋子。姑妈在相当程度上成了葛薇龙的教母——交际的教母，更是堕落的教母，她巧妙地利用葛薇龙的清纯、美丽笼络男性。葛薇龙在学校唱诗班认识了一位男青年，名叫卢兆麟，颇具绅士风度，长相气质都很入梁太太的法眼。于是梁太太就在家里举行了一场园会。举行园会是英国19世纪的遗风，也是当时英国贵族阶级流行的交际形式。卢兆麟来了，梁太太主动地迎上去，巧妙地隔断了他和葛薇龙的交往。葛薇龙也算识趣，即便是在客厅里被客人们逼着唱歌也注意要有所收敛，唱完一曲之后死活就不肯再唱了。因为她知道这个时候姑妈对卢兆麟还不是十分拿得稳，自己的风头不能出得太足，免得引起姑妈的疑心病。从这一心理细节，我们可以发现葛薇龙已经初步具备了在交际场合察言观色的能力。照这条路走下去，她迟早会步姑妈的后尘，变成一支不折不扣的交际花。

二、清醒地堕落

现在我们来详细分析一下葛薇龙的心理变化过程。

在拟写这部分的小标题时，我曾经对"堕落"这个词反复推敲。用"堕落"来形容主人公薇龙的经历是不是有点过？我想到过沉沦、沦落等词语，终究觉得还是欠妥。由于禁受不住物质的诱惑，薇龙从一个清纯的中学生最终演变成一个风尘女子，这里面自然有梁太太这个堕落教母的圈套与说教，但是梁太太毕竟没有强迫她，没有使用任何武力，甚至连胁迫也没有。也就是说，薇龙的堕落是一种自甘堕落，在这个过程中她是清醒的。换句话说，身处物欲横流的环境之中，她对自己堕落的风险是心知肚明的；尽管也有想要防范，甚至抵抗的时候，但是最终都输给了自己的虚荣心。

在我看来，薇龙的自甘堕落，和她的两次自主选择有关：一是，因为贪慕虚荣，选择了一种错误的生活方式；二是，为了摆脱困境，选择了一个错误的婚恋对象。

先说第一点。为了解决留在香港求学的生计问题，她迫不得已向姑妈求助。进入奢华的富人圈之后，她也曾有过犹豫和抵抗；但是，她很快说服了自己。她明知道姑妈和一些男人保持不清不白的关系，名声不太好；却又在心里对自己说，只要自己洁身自好就没有问题了。可是，自从她入住梁太太别墅的第一晚开始，她的心理就出现了变化。当她看着大衣橱里姑妈为她准备的各色高档服装时，她的内心充满了喜悦，对于楼下的歌舞升平也不再排斥了。小说中对此有着细腻而生动的描述：

> 薇龙一夜也不曾合眼，才合眼便恍惚在那里试衣服，试了一件又一件，毛织品，毛茸茸的像富于挑拨性的爵士乐；厚沉沉的丝绒，像忧郁的古典化的歌剧主题歌；柔滑的软缎，像《蓝色的多瑙河》，凉阴阴地匝着人，流遍了全身。才迷迷糊糊盹了一会，音乐调子一变，又惊醒了。楼下正奏着气急吁吁的伦巴舞曲，薇龙不由想起壁橱里那条紫色电光绸的长裙子，跳起伦巴舞来，一踢一踢，渐沥沙啦响。想到这里，便细声对楼下的一切说道："看看也好！"她说这话，只有嘴唇动着，并没有出声。然而她还是探出手来把毯子拉上来，蒙了头，这可没有人听得了。她重新悄悄说道："看看也好！"便微笑着入睡。

"看看也好！"这是初涉繁华的薇龙对自己反复说的话，

这表明她已在不知不觉间向这种生活方式投降了。接下来，她自然而然地参加了各种舞会、宴会和园会，她发现自己很享受这种生活，而且渐渐地上瘾了。她已甘愿步姑妈的后尘，最终变成一枝不折不扣的交际花。

再来说第二点。经过一段时间，薇龙对灯红酒绿的生活逐渐上瘾，然而，这也就离危机不远了。在一次外出参加晚宴之后，葛薇龙和梁太太乘坐一位叫司徒协的老头的车回家。这个老头是个低调的富豪，与梁太太是多年的情人关系。在车上，司徒协送了梁太太一个三寸来阔的金刚石手镯，这是个很贵重的礼物。梁太太不停地炫耀，葛薇龙也不断地称赞。这时候司徒协猛地拿出另一只一模一样的手镯，以极快的速度套在了葛薇龙的手腕上，那动作快得像变戏法似的。葛薇龙还来不及高兴，立马就觉得这镯子不能要，感觉像戴上了手铐似的。正当她要脱掉的时候，姑妈却劝她收下，不要打了司徒先生的脸。你想想，葛薇龙对金刚石的镯子自然是羡慕的，但是为什么却不敢要呢？这里头可有学问啦！葛薇龙回到房间思前想后，心里更加像明镜似的了：她的姑妈，果真是想用她的青春、美貌去留住老情人司徒协的心。

为了尽快摆脱这种威胁，她想到的办法是赶紧找个人嫁了。那么问题就来了，找谁恋爱结婚呢？思来想去，经过筛选，相对比较合适的人选就是乔琪——也就是故事开头梁太太没有笼络成功的那个年轻人。

薇龙为何会对乔琪来电呢？缘于两条。首先，乔琪长得帅。帅成啥样？书中描述说，乔琪不仅长得英俊，而且身材很好，衣服穿在他身上显得十分合体。更要命的是，乔琪的眼睛很迷人，具有超强的杀伤力。他的眼睛"像风吹过的早稻田，时而露出稻子下的水的青光，一闪，又暗了下去了"。哇，张爱玲太会打比喻了！男人拥有这样的眼神，又如何不勾魂呢？更不用说薇龙还是个外貌控。其次，乔琪很会聊天，显得很善解人意，他还曾提醒薇龙不要沦为梁太太的工具，要学会保护自己，这让薇龙很动容，她甚至觉得自己找到了爱情。

然而事实上，乔琪并非是什么好结婚对象。一方面，这家伙是个中葡混血儿，虽然父亲是爵士，可他在家里并不受待见，是个"弃子"，前途并不光明。另一方面，乔琪对待感情，乃至人生，都持一种玩世不恭的态度，用现在流行的说法就是"走肾不走心"。他一方面对薇龙展开热烈的追求，一方面又表示无法承诺给她婚姻。但此刻的薇龙是不清醒的，她一方面急于逃离老男人的魔掌，生怕自己被逼做了司徒协的情人；一方面又为乔琪的热情和"坦诚"所感动，于是两人就有了一夜偷欢。事后，乔琪离开房间，薇龙还沉浸在温存的幻梦中，根本想不到接下来会发生什么。原来，乔琪离开别墅花园的时候不巧被梁太太的女仆睨儿撞见。为了堵住睨儿的口，乔琪竟向睨儿求欢。黎明时分，一夜无眠的薇龙在二楼无意中看见了花园中的乔琪与睨儿，就在那一刻，她好似从火山跌入冰窟。

接下来，在经过一场与睨儿争风吃醋的追打后，薇龙和女仆跟同一个男人偷情的事情被梁太太知道了。对爱情无比失望的薇龙，准备要离开香港这个伤心之地。这个时候梁太太对她使用了欲擒故纵的手段。她说，你想走就走吧，你回上海吧！只怕你还没到家，你在香港的这些破事儿就传到上海了，看你到时候还如何做人？经过反复挣扎，薇龙最终还是留了下来，并且听从了姑妈的建议——搞定乔琪，马上与他结婚。梁太太又对乔琪软硬兼施，一方面恐吓他如果不娶薇龙要负法律责任，一方面引诱他说结婚之后薇龙可以做交际花为他赚钱。这样一来，薇龙和乔琪最终结婚了。

那么，结婚后的薇龙幸福吗？大家不妨来看看故事的结尾。一天晚上，薇龙和乔琪逛新春市场，看焰火表演，一群喝醉了酒的英国水兵在街头寻欢，把薇龙当成了站街的妓女，向她扔花炮。见此情景，两人赶紧上车离开。乔琪说："那些醉泥鳅，把你当做什么人了？"薇龙说："本来吗，我跟她们有什么分别？"乔琪赶紧用手掩住她的嘴说："你再胡说——"薇龙苦笑着说："好了好了！我承认我说错了话。怎么没有区别呢？她们是不得已，我是自愿的！"接下来便是无声的哭泣……

可见，薇龙本人非常清醒，她是自甘堕落，一步一步沉沦，直至如今的地步。她成了梁太太弄人、乔琪弄钱的工具。用她自己的话来说，今天的她，已经和那些站街的妓女没有区别了。

三、关起门来做慈禧太后

张爱玲的小说十分讲究色彩感、镜头感、画面感，因此有"纸上电影"的美誉。在《沉香屑·第一炉香》中，作者仔细地描绘了梁太太的住所以及她的穿着打扮。

先来看梁太太的住所。梁太太的别墅建在山腰上，白色外墙，流线型立面，几何图案式的构造，"类似最摩登的电影院"，然而屋顶上却盖了一层仿古的琉璃瓦。客厅里是立体化的欧式布置，但是也有几件雅俗共赏的中国摆设，陈列着翡翠鼻烟壶、象牙观音像，沙发前围着斑竹小屏风。从这些描写，你能感觉到这栋别墅的里里外外都是一些奇怪的组合，中西结合、新旧杂糅。用书中的话来说就是"各种不调和的地方背景，时代氛围，全是硬生生地给搀扶在一起，造成一种奇幻的境界"。香港这个地方，在当时的确就是流行英伦风与中国风的杂糅，这就是故事发生的地域文化背景。

再来看小说对梁太太本人的描写。小说通过薇龙的眼睛展现了此人的出场，"一个娇小个子的西装少妇跨出车来，一身黑，黑草帽檐上垂下绿色的面网，面网上扣着一个指甲大小的绿宝石蜘蛛"。随着少妇的步伐，这个绿色的蜘蛛在那脸庞上晃来晃去。走近了，薇龙才看清那少妇的脸，"白腻中略透青苍，嘴唇上一抹紫黑色的胭脂，是这一季巴黎新拟的'桑子红'"。薇龙的眼睛，给出的其实就是"张爱玲版的电影镜头"，一个近距离的特写，只为点出这是眼下巴黎最流行的口红"桑子红"。从张爱玲的传记和她遗留下来的照片，还有小说中的描述来看，张爱玲其实是一个时尚达人，她对旗袍、口红和配饰是非常有研究的。可以想见，她的日常生活应该是过得相当精致的。我在读她的小说时曾经设想，如果民国的时候也有网购，张爱玲很可能也是个剁手党，在"双十一"的时候也会秒购一些口红、香水和配饰。

外表时尚、洋气的梁太太，为何会在住宅里有意保留一些中国元素呢？其实那是刻意摆给外国人看的，当时统治香港的英国人就喜欢看中国的老古董。说白了，其实这是取悦外国人的一种方式。

从梁太太的身上集中反映出当时港派文化的特征：从地理空间来看，华洋交织；从历史进程来看，新旧交替。从地域来看，香港文化是英伦风与中国风的结合。民国时的香港，旧的封建制度已经终结，而新的现代文明还没有站稳脚跟。正是这种文化背景造就了一个别样的梁太太，她出身于上海的封建家庭，但她抛弃了封建礼教，转而赤裸裸地向物质屈服，嫁给一个富豪老头做姨太太。婚后的一段时间，她的中心工作其实就一件，那就是等着这个老头死去，然后分得一笔可观的遗产。她的穿着打扮虽然时尚，生活做派也很洋气，但骨子里却隐藏着旧时代的封建思想。她对女仆颐指气使，特别享受使唤人的滋味。外面的世界已经变了，但她那座位于半山腰的独栋别墅却是一个独立的王国。用小说中的话来说，她是关上门来做慈禧太后。

这个香港版的"慈禧太后"最大的兴趣就是钻研"驭男术"。年轻的时候，她通过姿色和心机来驾驭男人；中年以后，她想通过精心设计的服饰和精致漂亮的妆容来延续魅力。但她毕竟已是人老珠黄，于是就开始利用自己年轻的女仆和侄女来笼络男人。艺术是现实的反映，即便在今天，类似梁太太的这种想法在社会上依然还有土壤，各种"驭男术""驭夫术"仍流行一时。不是有一句话吗？男人征服世界，女人靠征服男人而征服世界。

说到这里，我想提一个问题：小说中这位"驭男有术"的梁太太最终征服世界了吗？她获得了真正的幸福了吗？可以想见，随着容颜渐老，她的晚景必然是凄凉的，因为她除了物质外别无一物。

为了改变自己在花花世界的颓势，她不惜利用自己的亲侄女来笼络男人。通过一连串的精心设计，她终于把侄女拉下了水。薇龙也学会了不少"驭男术"，却葬送了自己一生的幸福。她本可以继续读书，精进学业，成为一个才貌兼备的女子，找一个真心相爱、可与之共度一生的男人。然而，年轻的薇龙终究被虚荣驱使，成了自己未来幸福的掘墓人。这一点，她是心知肚明的，她自己也承认她与妓女并无多少差别；唯一的差别就是，她是自愿的。其实，在我看来，当一个女人空虚到只剩下"驭男术"的时候，她的危机时刻就来临了。时代演进到了今天，女性应该要在经济上独立，在事业、精神上有所追求，这样才能把幸福牢牢地攥在自己手中。在婚姻之中，男人可以提供丰厚的物质基础当然是好事，但女人最好也能保持自给自足的能力，并在精神上有自己的追求。唯有如此，她才能进退裕如，拥有踏踏实实的未来。如果把精力过多地花在琢磨"驭男术"，琢磨怎么取悦男人上面，结局可能好不到哪里去。小说中，梁太太的生活就很空虚，薇龙的婚姻也不幸福，年轻的她，照此下去，前途将一片昏暗。

小说最后写道："这一段香港故事，就在这儿结束……薇龙的一炉香，也就快烧完了。"沉香屑，烧完了，嗯，好一个别有深意的结尾！

《倾城之恋》:
红尘男女的恋爱教科书

　　《倾城之恋》是张爱玲自己最为倾心的作品之一，作品描写了抗战时期一对痴男怨女辗转上海、香港的缠绵悱恻的爱情故事。1944年，张爱玲还亲自将它改编成话剧在上海公演。20世纪80年代以来，它多次被改编成电影和电视剧。一部篇幅不长的中篇小说，为什么会被三番五次地拍成影视剧呢？最根本的原因就在于，这个故事将男女主角的恋爱心理描写得十分细腻，那些兜兜转转、百转回肠，和外国的长篇名著——简·奥斯汀的《傲慢与偏见》相比也毫不逊色，甚至是有过之而无不及。今天我们的解读分三个部分：第一部分介绍小说的内容梗概，第二部分分析什么是最高境界的恋爱攻略，第三部分探讨小说所反映的婚姻观。

一、一个离异女人的婚姻"逆袭"

　　读完《倾城之恋》后，我把它的故事浓缩为一句话"一个离异女人的婚姻'逆袭'"。这个离异的女人就是主人公白流苏。人们常说，穷居闹市无人问，富在深山有远亲。小说一开场就展现了这样的世态炎凉。抗战时期的上海，白流苏寄居在娘家白公馆。白家是个没落的贵族家庭，尽管经济上已很拮据，家里的男男女女却不愿放弃"尊贵"的身份，依然过着少爷少奶奶的日子，拉着胡琴，唱着小曲，提笼架鸟，好像外面的动荡与自己无关。用小说的话说就是："他们唱歌唱走了板，跟不上生命的胡琴。"几年前，白流苏因为不能忍受家暴，与前夫离了婚，回到了娘家。一天晚上，有人送信说前夫病故了，听到消息，哥哥嫂嫂们都劝她赶去吊丧。乍一听，你可能觉得这些人挺有人情味。可事情并不是表面上看起来的那样子。其实，他们在乎的只是钱而已。这话从何说起呢？原来七八年前，白流苏刚回娘家的时候，身上带了一笔钱。几年后，她的钱被哥哥们用去投资了。等钱败光了，她也成了众人眼中的累赘。这不，刚好报丧的人来了，哥嫂们就极力劝她回去为前夫守活寡——这样将来她就可以分得一笔家产。但白流苏不愿接受如此荒诞的建议。于是嫂嫂们便成天冷嘲热讽她是吃白饭的。眼看家里待不下去了，白流苏面临着生存的危机。这时候，前来给七妹做媒的徐太太出言指点迷津："找事都是假的，找个人才是真的。"就这样，白流苏迫切想找个好人再嫁，她把人生的赌注投在一桩新的婚姻上。

她应邀陪同七妹去相亲，结果出现了戏剧性的一幕。前来相亲的男士名叫范柳原，是新近从英国回来的华人，不仅人长得潇洒，而且在英国、新加坡有很多产业。范柳原过惯了西式生活，具有新派作风，现场提出要和女士们跳舞。可怜那一帮女宾，大多是旧式家庭的女孩子，谁会跳舞？只有白流苏会跳。白流苏的舞技从何学来呢？原来她的前夫是个"舞林高手"，她早年从前夫那儿学来了。白流苏也想不到，她的舞技会在今天这个场合派上用场。接下来的事儿，想必你也能猜出七八分了吧？相亲回来之后，七妹气得够呛，几个嫂子也纷纷拣最难听的话骂白流苏，骂她"猪油蒙了心"，不知趣、不道义，还说她已是残花败柳，富家子弟范公子不可能看得上她。可是，即便耳朵里听到的是谩骂和嘲讽，白流苏的内心还是有些高兴。为什么呢？因为她在无意间赢得了一种东西，那就是久违的自豪。七妹虽然也恨她，但同时也对她刮目相看，肃然起敬。对此，张爱玲一语道破：一个女人，再好些，得不着异性的爱，也就得不着同性的尊重。这话，就小说情节而言是白流苏对别的女人的嘲讽，就作者而言，则是对男女地位不平等的社会现象的感叹。

范柳原再无消息，七妹的婚事彻底告吹。徐太太准备去香港，她游说白流苏一起去，说是那边新去了很多上海人，应该不难找到合适的同乡做对象。娘家横竖是待不下去了，白流苏决心去香港赌一把人生。临走前，家里人竟然对她客客气气的，因为大家都想着，白流苏这一去说不定真能钓个金龟婿回来，现在可不好得罪她。果然，刚一到香港，就有一个风度翩翩的男人来迎接了。你猜，是谁？没错，他就是范柳原。原来，让徐太太带白流苏到香港来，正是范柳原的主意。

到了香港之后，白小姐与范公子开启了一场马拉松式的爱情拉锯战。虽然两人互有好感，但是，在很长一段时间，那层窗户纸始终未能捅破，两人的感情只是停留在调情的层面。这种调情充满了机巧、趣味和曲折，双方都在试探对方情感的底牌。白小姐是一位传统女性，在中国传统观念中谈恋爱的事儿，女性是不能太主动的；因此，她希望对方能够主动地表达。可是范公子呢，一个风流浪子、不差钱的富二代，他不愿过早地被一个女人套牢，不想为了一棵树而丢失一片森林。范公子成天带着白小姐逛商场、进饭店，出入各种交际场合，俨然一对热恋的情人。白小姐逐渐觉察到了，范柳原这是在故意制造一种舆论，让人们都知道她是他范某人的情人。只做情人而不结婚，范公子就可以在这场情感博弈中始终占据主动。但聪明的白小姐是不甘将自己置于如此不尴不尬、不清不楚的情感境地，她要的是明媒正娶，要的是一纸婚约给她带来的经济保障。

眼瞅着目标难以达成，一个多月后，她赌气回到上海老家。

娘家人听说白流苏给别人做了一两个月的情人，结果却一无所获，对她的态度又发生了翻转，认为她丢了白家人的脸。在娘家，流苏又经历了一段煎熬的时光。但不久，一封电报传来，峰回路转，范柳原又邀请白小姐回香港。重返香港的白流苏，终于与范柳原擦出了激情的火花，两人同居了。然而，从激情和温存中一觉醒来，白流苏发现自己还是赌输了。一个礼拜之后，范柳原就说要回英国打理生意。离港之前，他替白小姐租了一套房子。流苏心想："没有婚姻的保障而要长期抓住一个男人，是一件艰难的、痛苦的事，几乎是不可能的。"她不可能只用一个礼拜的时间就"吊住他的心"，但她又不愿意再回上海那个没有温暖的娘家了；所以她妥协了，变成了范柳原的情妇。直到此刻，婚姻对她而言，依然是个未知数。因为，范柳原此去一年半载，感情的变化谁又能说得清呢？

孰料1941年12月8日，日本人开始炮击香港。炮火纷飞，城市毁灭，无数人死于非命。白流苏顿时陷入恐怖与绝望之中。就在此时，令人惊喜的一幕出现了——未能走成的范柳原回来了！原来，由于日本人的炮击，他乘坐的轮船被迫返回了香港。

两人在城市的废墟中相拥而泣，面对炮火纷飞的场景，他们不敢期许遥远的未来，他们要的就是眼前实实在在的拥有和陪伴。至此，两人彻底向对方敞开了心灵，在炮火的见证下，他们登报宣布结婚了。一个大都市的倾覆，无意间成就了一对小人物的爱情和婚姻，这就是《倾城之恋》这个题目的含义。

二、"懂"——恋爱攻略的最高境界

假定恋爱有攻略，那么在开启"恋爱攻略的最高境界"这个话题前，先给大家提个问题：人与人之间最远的距离是什么？对啦！是心与心的距离。李商隐说，身无彩凤双飞翼，心有灵犀一点通。没有会心、知心，一对男女是很难走到一起的；即便走到了一起，也很难长久；即便长久，也注定不会幸福。前面我说过，《倾城之恋》是一面人性的镜子；在这里我要说，《倾城之恋》又是一部生动的恋爱"教科书"。作为一个大龄女青年，而且是离过婚的女人，白流苏最后硬是成功地把自己嫁入了"豪门"，实现了逆袭。尽管这其中有功利的一面，但无论如何，她的恋爱技巧是值得人佩服的。如果没有几把刷子，要"俘获"一个"浪子"的心，是很难想象的。要知道，范柳原可是个家底丰厚的公子，他外表放浪不羁，可是内心又渴望真的爱情。长期西化的生活经历、富庶的家庭条件，使得他身边从不缺女人，他甚至可以算得上是情场高手。也许风流惯了，他才渴望找一个传统一点的女子恋爱结婚。白流苏的出现让他怦然心动，但是，他又不能肯定对方是不是对的人。因此，他如同在爱情的淘宝网上不停地翻页、浏览，即便是看中了，心动了，放入了购物车，也不愿意轻易地下单成交。可见，要想让这样一位心性不定的风流公子爱上自己，的确是一件高难度的技术活。

有人说，白流苏恋爱和婚姻的成功得益于她的美貌。是的，小说中的她是有几分姿色，她身材娇小，脸很窄，下颌尖，而且有一双娇滴滴的清水眼。但是，无论如何，她算不上绝色美人，而且年龄也二十七八了。小说中她曾对着镜子里的自己说："还好，她还不怎么老。"所以，容貌不是她成功的关键因素。也有人说，精于算计是她成功的原因。这话有一点道理，但这也不是关键。在恋爱的过程中，白流苏始终保持着适当的矜持和距离，更没有使用色诱之类的下作手段；所以，精于算计也算不上她恋爱成功的关键原因。

既然如此，那么白流苏究竟是用了怎样的方法去俘获对方的心灵？其实《倾城之恋》为我们展示了一场高明而有趣的恋爱攻略。这种攻略的最高境界就一个字——"懂"。白流苏，懂人心，懂范柳原，而且行动与说话的分寸都拿捏得很好。让我们来看两人在跳舞时的一段对话：

流苏笑道："我问你，你为什么不愿意我上跳舞场去？"柳原道："一般的男人，喜欢把女人教坏了，又喜欢去感化坏女人，使她变为好女人。我可不像那么没事找事做。我认为好女人还是老实些的好。"流苏瞟了他一眼道："你以为你跟别人不同么？我看你也是一样的自私。"柳原笑道："怎样自私？"流苏心里想着："你最高明的理想是一个冰清玉洁而又富于挑逗性的女人。冰清玉洁，是对于他人。挑逗，是对于你自己。

如果我是一个彻底的好女人，你根本就不会注意到我！"她向他偏着头笑道："你要我在旁人面前做一个好女人，在你面前做一个坏女人。"柳原想了一想道："不懂。"流苏又解释道："你要我对别人坏，独独对你好。"柳原笑道："怎么又颠倒过来了？越发把人家搞糊涂了！"他又沉吟了一会道："你这话不对。"流苏笑道："哦，你懂了。"

这一段对白，充满了机智和风趣，把打情骂俏和互相试探的过程写得细腻传神，笔法可谓精妙绝伦。是的，男人大多希望女人对自己风骚多情，而对别的男人则要一本正经。这就是流苏说的"你要我在旁人面前做一个好女人，在你面前做一个坏女人"。白流苏有读心术，对男人的心理把握得十分到位。当范柳原回答说"不懂"的时候，她又故意反其道而行之，解释道："你要我对别人坏，独独对你好。"其实，流苏是懂得柳原所说的"不懂"是懂了假装不懂。她进一步地解释，只是故意反向试探，看柳原是否已经在心底里把她当作恋爱的对象了。后来，柳原说她说得不对，流苏又笑道"哦，你懂了"。在这里，"懂"和"不懂"的奇妙转换，就是两人彼此试探、互相会心的过程。两人的对话很风趣，用今天的话来说这两人都很会聊。如此俏皮的对白在小说中还有很多。

如果说上面这次是范柳原假装不懂，那下面这次就是当流苏在假装不懂。一天深夜，柳原从隔壁房间打电话给流苏。柳原问她："你爱我么？"流苏回答得很聪明，低声道："你早该知道了，我为什么上香港来？"不正面回答，通过反问将球踢回给了对方。言下之意就是我摆明了是爱你的，关键是你下定了爱我的决心没有。柳原就说，可是明摆着的事实，我就是不肯相信；并且背了《诗经》上面的一首诗："死生契阔——与子相悦。执子之手，与子偕老。"一听到他要谈论诗词，流苏马上说，我不懂。这四句诗出自《诗经·邶风》，柳原所背略有改动，原诗翻译成今天的话来说就是：不论生死离别，都跟你说定了，我要牵着你的手，与你一起白头偕老。柳原解释说，生离死别是天大的事，我们作为渺小的个体如何能决定呢？既然连生死都无法掌握，又怎能承诺"执子之手，与子偕老"呢？这话儿的潜台词是什么呢？就是恋爱和婚姻我们自己是做不了主的，只能听天由命。这些话，实际上折射出他当时对这场恋爱的内心犹豫。

白流苏是何等聪慧的女人，他的话她何尝不懂？沉思了一会儿，她恼怒地说："你干脆说不结婚，不就完了，还得绕着大弯子，什么做不了主？"哇！这一招可厉害了。这用的是激将法。客观地讲，这两人的恋爱博弈，其实一开始就是不公平的。除了男女地位不平等的社会现实外，还有一个关键问题，那就是当时的白流苏已经二十七八岁了——这在今天不算什么，但在民国那个年代她绝对算得上是个大龄女青年。青春易逝，在恋爱的拉锯战中，白流苏等不起，拖不起啊！她要的是对方及时给出一个明白的态度。所以，当范柳原开始背《诗经》的时候，她故意说不懂，这是懂了装不懂；后来她看明白了范柳原的犹豫，马上转变策略。懒得跟你弯弯绕绕了，不跟你玩诗词歌赋那些虚头巴脑的东西，直接点你的死穴，摆明了告诉你，我懂了：你就是不想结婚，只想调情，只想求欢，而我要的是婚姻，是生存。恋爱中的女人，不能表现得太聪明，不能全懂，要有点小糊涂才可爱；但是，关键时候又不能太糊涂，不能完全不懂。在这一点上，白流苏是非常聪明的，分寸拿捏得极好。张爱玲对男女主人公微妙的心态也拿捏得极好。

说到这个情节，也许你会有这样的担心：白流苏这样一吵，会不会谈崩了？其实，不必担心。如果一次小吵小闹就分了手，那证明两人之间根本就没有爱，即便谈崩了也不值得可惜。相反，正是因为有了相当的感情基础，才有了敢于吵嘴，甚至放手一搏的本钱。张爱玲曾经说：因为交情还不够深，没有到吵嘴的程度。说的就是这个道理。她还说：因为懂得，所以慈悲。对于人际关系，张爱玲最看重的，或许也正是一个"懂"字。

也正因为彼此"懂得"，历经劫难的有情人终成眷属。但是，在小说的结尾，有一个细节常常被读者忽略。书中写道："柳原现在从来不跟她闹着玩了，他把他的俏皮话省下来说给旁的女人听。那是值得庆幸的好现象，表示他完全把她当作自家人看待——名正言顺的妻，然而流苏还是有点怅惘。"看似淡淡的一笔，其实很值得玩味。范柳原已经不再给她说调情的俏皮话了，他将这些话说给别的女人听，白流苏因此有点怅惘，但她知道这反倒是个好现象。为什么呢？因为这表明范柳原已经把她看成了家里人。爱情是点心，婚姻是吃饭，越是寻常过日子，越是一家人。波伏娃在《第二性》中说，"女人的最大幸福，莫过于被恋人承认是他本人的一部分"。对于白流苏而言，婚姻生活不是爱情的归宿，而是一个女人留住一个男人的方法和途径。从这种意义上来说，这场恋爱的博弈，白流苏终究还是赢了。

三、所有的婚姻都是一场赌博

张爱玲的每一部小说都是一面人性的镜子，它穿越时空，可以照见今天的芸芸众生。《倾城之恋》照见的是婚恋关系中的男女心态，同时也反映了作者的婚恋观。张爱玲笔下的爱情，没有公主和王子一类的唯美，有的只是世俗的感情和世俗的真切。这一点一如她笔下的亲情描写。这就是为什么有评论称她是现代最"狠"女作家。何为"狠"？就是敢于把亲情、爱情从天上拉回世俗的人间，将其最俗最真的一面解剖给人看，哪怕是鲜血淋漓也不怕。这就是张爱玲的"狠"。

"所有的婚姻，任凭怎么安排，都是赌博"，这是林语堂的一句名言。张爱玲的《倾城之恋》以小说的形式诠释了这一道理。《倾城之恋》这个题目，乍一看，读者或许会以为写的是一段浪漫唯美的爱情故事，其实不然，它展现的是最俗最真的人间烟火、饮食男女。这其中又以白、范二人之间的情感博弈最为经典。张爱玲以女性特有的敏感和独特的感悟，把男女双方最幽微的恋爱心理展现得淋漓尽致，令人拍案叫绝。

白流苏从上海来到举目无亲的香港，她是为恋爱而来，更是为了一张长久的饭票而来。她需要通过婚姻获得生活的物质基础，这是她最迫切的目的；当然，附带获得美好的真爱那就更好了。范柳原虽然为白小姐那低头的温柔与娇羞着迷，但是他需要确证：白流苏对他是出于纯粹的爱情，而非为了物质。用范柳原的话来说，"婚姻就是长期的卖淫"。于是在交往的过程中，双方一直在互相试探，各自遮掩，欲说还休，犹豫不决。应该说，这场恋爱也不乏精神交流，甚至很罗曼蒂克。在浅水湾饭店附近的一堵高墙下，两人曾经比肩而靠，说着地老天荒的情话。但一落到婚姻上，他们还是有着各自的算计和博弈。因为双方的出发点不尽相同，导致恋爱的期许也无法重合。试问，恋爱究竟是为了什么？为物质，为爱情，还是兼顾物质和爱情？这样的纠结和矛盾，对于今天的我们来说依然存在。或许，这正是张爱玲小说永不褪色的魅力所在。白小姐急于再嫁，是为了找到生活的依靠；范公子享受爱情，是为了增加生活的佐料。爱情这个词，对男女两性而言具有的含义大不相同。英国诗人拜伦说得好："爱情在男人的生活中只是一种消遣，而它却是女人的生活本身。"

　　说到这里，我们不得不谈到张爱玲小说中的一个主题，那就是女性独立问题。小说中的白流苏离婚后生活之所以会陷入窘迫和被动，以致急着把自己重新嫁出去，一个重要的原因就是她在经济上无法独立。用今天的话说，她无法实现财务自由，因为她缺乏胜任工作的信心和能力。一个女人没有经济上独立的能力，在婚姻关系中必然会处于被动地位。在今天的现实生活中，"找个好工作还不如找个好男人"的观念，在很多女性的头脑中仍然很有市场。找个好男人，自然没错，但是找个好工作，起码自己能养活自己也很重要；否则，就很容易陷入白流苏那样的生存危机。前段时间有一部电视剧很火，名字叫作《我的前半生》，其中的主人公罗子君是一个全职太太，整天过着养尊处优的日子，靠做高级白领的老公养家。可是不久，老公有了外遇，她安逸的生活被打破。离婚后，她瞬间失去了经济上的依靠。经过一番心理的调整，她开始重新工作，从干超市售货员开始，自己赚钱养活自己，从而走向了新生。走向自立、走向自强，就是这部电视剧给观众的正能量。

然而，在男权占据绝对主导地位的旧社会，女性受教育的机会少，外出工作的机会更少。小说中的白流苏就是这种情况，结果只能靠自己的温婉、美貌，还有心计去俘获男人的心，从而为自己找到经济上的依靠。范柳原去英国之前给白流苏租了房子。白流苏在一间间空房子中徘徊，先前寄居娘家时的拥挤与眼前的空荡荡形成了鲜明的对比。她感觉，空得很！决定明天要换上更大的灯泡，好让光把房子填满。她感觉，空得好！在这里她获得了久违的安静。可与此同时，她还感觉，空得发虚。照此下去，她很有可能只会成为那个男人的情人或者姨太太，这种结局又不是她想要的。从中，我们可以看出，白流苏从某种方面而言是个觉醒了的传统女性。一方面她知道自己经济上只能靠男人，所以在恋爱中主动争取；但另一方面，她又不甘于精神堕落，害怕自己会在空虚中发疯，变成那种行尸走肉般的"下流人"。她了解自己的处境，但又无法反抗。在小说中，一场战争倒是成全了她的婚姻理想；但要知道，这只是在小说中啊，现实往往没这么圆满。

在现代社会，女性拥有了与男性同等的受教育和工作的权力，经济上也越来越独立，因此在婚恋关系中也会占据更多的主动权。当然，现在也会有一些女性在家里做全职太太。其实作为一种社会角色的分工，操持家务和教育孩子也是很重要的工作。这一类女性看似没有直接的经济收入，其实她的价值也不容忽视。男人在外工作挣的钱，理应有她的份。但是，即便是全职太太，最好也要具备参加社会工作的能力，具备养活自己的能力，做好随时可以外出工作的准备；唯有如此，才能保持和维护好自己的价值和尊严。这些话听起来很俗，但是很真，这也就是张爱玲小说所折射出的婚姻观，这对于今天的我们依然具有启示。

白流苏，这个正在觉醒，但又终究没有走出传统的女性，她的抗争、她的追求、她的妥协都是那么的真实。从这个鲜活的平凡小女子身上，我们或许能够照见自己，从而警醒自己、启迪自己。

《小团圆》：灵魂的"全裸"检视

今天我们来分享张爱玲的谢幕之作——《小团圆》。

何谓谢幕之作呢？原来这部小说的初稿完成于 1975 年，其后张爱玲几易其稿，出版过程也是一波三折。一直到 2009 年，《小团圆》才正式出版，而此时距离作者去世已经整整十四年了。这是一部自传体的小说，是晚年的张爱玲对自己的一生经历，包括家庭、情人和主要社会关系的回顾，也是作者灵魂的内省、忏悔和自白。1995 年，张爱玲在美国洛杉矶去世，在她生前写给好友、翻译家宋淇夫妇的一封信中说"《小团圆》小说要销毁"。宋淇夫妇也是张爱玲生前指定的遗留文稿版权继承人。但在 2009 年，宋淇的儿子决定公开出版这本书。至此，今天的读者才有幸能看到张爱玲这本原本打算销毁的谢幕之作。虽然此书的出版经历了一些风波，但它仍然成为当下的畅销书。张爱玲书写了许多传奇故事，而她自己的人生也是传奇，就连《小团圆》的出版过程也是一段传奇。

小说的主要情节围绕女主人公九莉展开，全书描写了她的人生经历与情感历程。故事背景以抗日战争时期为主，向前回溯到晚清、民国，向后延续到 20 世纪六七十年代。主人公回忆了她的家族史，记录了她在香港读女子中学时期的点滴生活片段，描写了千面百样的同学，以及战时人与人剑拔弩张的紧绷感。主人公将回忆聚焦于两点。一是她与原生家庭的关系。她与父母的关系是一种处于隔阂的状态，尤其与母亲的关系相当紧张。

二是她的三段感情经历。其中又以她与有妇之夫邵之雍的爱情经历最为刻骨铭心，这成了她直到迟暮之年依然挥之不去的心结。晚年的张爱玲通过这部自传小说回顾人生、袒露灵魂、检视自我，并以此与过去和解，向生命告别……

一、一种紧张的、非典型的母女关系

有人评论说，在《小团圆》中"亲人成了敌人，敌人成了情人"。在我看来，"敌人"这个词用得过了些，但是这两句话还是蛮深刻的。前者是指主人公九莉与原生家庭的关系，后者是指她与婚恋对象的关系。

在这部约二十万字的小说中，出场人物众多，初读时可能会觉得人物关系很复杂，场景和情节切换的节奏很快。客观地说，这部书是有一定阅读难度的。那么我们在阅读的时候，如何才能迅速把握全书的要领呢？我的体会是，必须理清书中主要人物的关系。小说大致写了主人公的三种社会关系：同学关系、家庭关系和情人关系，其中后面两种是着墨最多的。

前面说过，《小团圆》是一本自传色彩特别浓厚的小说，张爱玲自己也说"最好的材料是你最深知的材料"。因此，适当了解作者本人的人生经历对于读懂这本书相当有帮助。小说的主人公，也就是情节的叙述者，名叫九莉，她是张爱玲本人的化身。其余的几个主要人物，在现实中分别都有对应的原型——至少也可以说是有"嫌疑最大"的原型：邵之雍对应的是胡兰成，也就是那个把她带入情天恨海的男人；蕊秋对应的是张爱玲的母亲；乃德对应的是张爱玲的父亲。当然，其他人物也有疑似原型，这个留待后面再说。把握了这几个关键人物，也就拿到了解读主人公心路历程的钥匙。

读《小团圆》，你会感觉到主人公九莉与原生家庭的关系相当紧张，虽然物质上不算贫困，但是她的童年和少女时代一直缺少家的温暖。在小说中，主人公几乎没有直接称呼父母为爸爸和妈妈，而是称"二叔""二婶"。书中的解释是，父母曾有把九莉过继给她大伯的想法，后来不了了之，但是她对父母改称"二叔""二婶"也就成了一种习惯。尽管主人公对此作了"合理化"的解释——打上了引号，但我认为这里头还折射出另一种含义。什么含义？那就是这种称呼实际上反映了九莉与父母之间的隔阂。她似乎成了一个别人家的孩子，不受待见。对于原生家庭中的关系，小说有写九莉的父亲、母亲、姑姑和弟弟。其中突出写了母亲。母亲蕊秋受到五四思潮的影响，是个很有个性、追求自由的女人。在九莉很小的时候，父母离异，母亲到欧洲去追寻她的真爱和自由。出身于封建传统家庭的母亲，缠过足，却硬是靠着一双三寸金莲远涉重洋，到阿尔卑斯山登山，下地中海游泳。父亲再婚以后，九莉辗转上海和香港两地读书，后来很长一段时间与姑姑住在一起。我们说主人公与家庭关系紧张，主要是指母女关系的紧张和对抗，他们的父女关系相对平和得多。在九莉的回忆中，虽然她对父亲的再婚耿耿于怀，但是父亲的形象在整体上是和善宽厚的；尽管他也抽大烟、娶小老婆，但是对于民国当时的风气而言这也是可以谅解的。

对于母亲，主人公则多有不解和怨恨。小说用很多的细节描绘母女关系的恩恩怨怨。在九莉成长过程中有一个隐秘的心结，那就是母亲只顾自己的自由和快乐，醉心于与外国男友的感情，而忽视了她对子女的爱和教育的义务。她看不惯母亲生活上的放浪，却又无法当面指责。小说中描写她曾经偷看母亲写给情人的信，窥见了很多肉麻的表述。譬如信的结尾画了很多十字架的叉叉，九莉知道这是代表"吻"的意思。九莉这种窥探隐私的举动其实也是出于对母亲怨恨和报复的心理。九岁那年，母亲回国住了一段时间，有一天带她一起过马路，小说写道：

　　蕊秋正说"跟着我走；要当心，两头都看了没车子——"忽然来了个空隙，正要走，又踌躇了一下，仿佛觉得有牵着她手的必要，一咬牙，方才抓住她的手，抓得太紧了点，九莉没想到她手指这么瘦，像一把细竹管横七竖八夹在自己手上，心里也很乱。在车缝里匆匆穿过南京路，一到人行道上蕊秋立刻放了手。九莉感到她刚才那一刹那的内心的挣扎，很震动。这是她这次回来唯一的一次形体上的接触。显然她也有点恶心。

　　读张爱玲的小说，我最佩服的就是她描写细节的功夫，她善于精准捕捉最隐微的心理，而且能写出电影一样的镜头感、画面感。毕竟是母女，母亲在过马路时还是牵了女儿的手；但是，由于分隔太久，这个牵手的动作是生硬的，也是勉强的，双方都感到了不适。作者说"她也有点恶心"，这个"也"字，说明其实双方都感到了恶心，可见母女心理距离之遥远。

　　《小团圆》用很多细节揭示母亲对九莉的种种伤害。譬如，当九莉生病卧床时，小说写道："蕊秋忽然盛气走来说道：'反正你活着就是害人！像你这样只能让你自生自灭。'"还有一点，求学时代的九莉很怕向母亲要钱。这种谈钱的恐惧症严重到了何种程度呢？小说写到这样一个细节，去补课的时候，她怕问母亲拿公共汽车的买票钱，宁可步行半个城市，穿过好多街巷。小说中至少有九次写到九莉提到要还母亲的钱。九莉多次问姑姑，蕊秋抚养我花了多少钱？反复表示这些钱她要还给蕊秋。这其实折射了爱和亲情的缺失。多年以后，母亲弥留之际从欧洲来电，希望在美国的九莉去见她最后一面，可是九莉却没有去。母女之间的关系冷到了冰点——令人心痛，更心寒。这就是张爱玲笔下的另类母女关系，充满了紧张、悖谬。这种非典型的母女关系，在她的很多小说中都有所体现。在《金锁记》中，曹七巧为阻挠女儿长安的婚姻，不惜败坏女儿的名誉；在《倾城之恋》中，当白流苏向母亲哭诉哥嫂想挤对她出门时，母亲表现冷漠。这些都是张爱玲真实母女关系在作品中的心理投影。

二、一段飞蛾扑火的爱情经历

对于张爱玲的人生来说，胡兰成这个人绝对是她心中迈不过去的坎，也是她一道心灵的伤痕。回到小说，主人公九莉在少女时期就已经靠写作成名，二十二岁时，她的生活中闯进来一个男人，那就是比她年长十七岁的邵之雍。此人是个风流才子、情场高手，因为读到九莉发表的小说，非常仰慕，于是从杂志社的编辑那里弄到了地址，旋即登门拜访了作者。现实中，胡兰成当年也正是这样结识张爱玲的。小说的第四章写邵之雍对九莉说："你这名字脂粉气很重，也不像笔名，我想着不知道是不是男人化名。如果是男人，也要去找他，所有能发生的关系都要发生。"可见，这是个会聊天的男人，经验丰富，而且执着、富有攻击性。相比之下，九莉的情感经历比较少，邵之雍身上的成熟味道，连同他的才情和睿智，让九莉渐渐生出好感。日久生情，邵之雍开始了犀利的情感攻势，提出要与九莉"在一起"——打上引号的"在一起"，你懂的。此时，九莉充满了犹豫和纠结。年龄的差距或许不是问题，但问题是这位追求者已经结过两次婚，是个有妇之夫；而且更离谱的是，他的两位妻子仍与他一起生活。为了消除九莉的心理障碍，这个男人承诺他会离婚。这之后有一段时间，邵之雍没有出现，九莉也祈祷希望他不再过来，这样自己正好可以结束这段还没有开始的恋爱。但是这样想的时候，九莉心中又似乎有一些失落。用书中的话来说："宁愿天天下雨，以为你是因为下雨不来！"过了不久，邵之雍又来了。从此两人彻底陷入了一场剪不断、理还乱的情感纠缠。九莉明知面对的是一段危险恋情，但却又无法割舍——她有一种飞蛾扑火的心境。他们同居了，但是邵之雍离婚的日程却遥遥无期。

　　九莉的爱情苦恼还不止于此，邵之雍的汉奸行为和汉奸身份也是她心中的隐忧。果不其然，在抗战胜利后，这种隐忧变成了现实。日本投降之后，举国欢庆，唯独这对苦恋之人却高兴不起来。因为他们知道，到了国家和民族对胡兰成，也就是小说中的邵之雍的清算时候。九莉甚至想，战争如果不结束才好，因为反正已经习惯了战乱，一旦安定下来，他们苟且同居的生活现状反而要被打破了。这种想法对于在抗日战争中牺牲的成千上万的中国人来说，简直是一种罪恶！但是，放在主人公当时的情感困局来看，这又是多么真实的心灵袒露。她这是在裸露自己的灵魂呀！也许对他们而言，最迫切的就只是实现两个人的幸福这件事罢了。

日本投降之后，邵之雍开始四处躲藏。可即便是在亡命天涯的途中，此人还不忘风流。他除了勾上一个小护士之外，在暂时寄居的日本朋友家中还和一个日本女人发生了关系。对他这种四处留情的行为，九莉是什么态度呢？你可能想不到。九莉说："他对女人太博爱，又较富幻想，一来就把人理想化了，所以到处留情。当然在内地客邸凄凉，更需要这种生活上的情趣。"哇！九莉居然如此宽容，对于这种风流行径还给予了充分的"理解"，这心也是够大的了。

这里，让我们对应一下小说人物的原型。胡兰成是汪精卫伪政权的宣传部副部长，是所谓"和平运动"的主要鼓吹者。前面提到，有人认为在《小团圆》中"敌人成了爱人"，我个人认为"敌人"这个词用得极端了点儿，但这话倒也有几分深刻。咱们平心而论，胡兰成因其汉奸行为成了国人的敌人，这是没有争议的；然而，张爱玲更多的是将胡兰成视为恋人，而非人民的公敌。由此可见，对于胡的所作所为她有感性的隐忧，却没有理性的认识，这也是造成她爱情悲剧的原因。

抗战胜利之后，有很多人因为胡兰成的汉奸行为，在报纸上大造舆论，说张爱玲也是汉奸。那段时间，张爱玲的处境相当不好，这也是她后来经由香港出走美国的一个直接原因。在这部作品中，我们没有看到张爱玲对邵之雍也就是胡兰成进行过多的道德批判，尽管胡曾经伤害过她的感情。

这也是张爱玲的难能可贵之处，用她自己的话说，在胡兰成的面前她已经把自己降低成尘埃。为什么这么讲呢？要知道在张爱玲决定写《小团圆》之前，胡兰成已经写了一部名叫《今生今世》的书，在书中有很多地方谈到了他和张爱玲的交往。胡兰成在书中将他同时与多名女子保持关系的历史当作一种可炫耀的经历，而对于给别人带来的伤害却抱着"不去多想"的态度。民国时代，胡张之恋闹得沸沸扬扬，曲终人散之后，两个当事人对过往都有各自的追忆和评价，比较起来，张爱玲对胡兰成的评价显得更加厚道。

在作阅读分享的时候，有读者曾经问我："你认为胡张之恋的当事人，晚年各自怎样看待这场曾经的爱情？"我回答说："最大的区别在于，张爱玲把它视为一道付出真爱之后留下的伤痕；胡兰成则把它视为最值得炫耀的猎艳成果，那个高规格的猎物让他觉得骄傲。"

这就是为什么在 1976 年的时候，张爱玲的朋友宋淇建议她不要急于出版《小团圆》；因为这个时候胡兰成还健在，如果出版了，胡兰成将会更加得意。朋友们甚至建议，将书中邵之雍的结局进行修改，把他改写成一个双面间谍，最后死于非命。为什么要这样改？目的就是要让读者不能将邵之雍与胡兰成这个原型对应起来，而胡兰成看到书中的人物死得很惨，也就自然得意不起来了。但最后，张爱玲没有采纳这个建议，这既是她出于对历史真实的负责，更是她出于对昔日情人的厚道。

三、一次灵魂的"全裸"检视

《小团圆》是一本小说化的回忆录，用作者本人的话来说，就是纪录体。其创作目的，就是回顾自己的一生，在回顾中内省，既是留存备考，更是清算情债、检视灵魂——几乎是一种"全裸"的检视。作为生命的谢幕之作，它像是一个小学生在睡前赶紧完成的作业，笔法匆忙，艺术上已经不太顾及了，而思想上却是无比丰盈。在这本书中，张爱玲询问自己：从哪里来，到哪里去？遇到过多少人，受到过多少创伤，欠下了多少情债？她是要对自己的一生做一次彻底的还原——在还原中清算，在清算中救赎，然后把一切留给后人去评说。

第一个问题：从哪里来，到哪里去？小说开头描写了九莉在香港的求学生活，谈到历史课的时候，她说最不喜欢学现代史，因为发现其中很多都是套话。可是等到日本突然进攻香港的时候，她发现现代史走进了自己的生活。当然，这也许是作者回忆时的感悟——不管你情不情愿，你都离不开历史。《小团圆》回顾的那段历史，风云激荡，每一个普通人都身不由己，就像滚滚洪流中的一片树叶，渺小、无助，只剩漂泊感和苍凉感。在历史的浪潮中，你被历史推着走。你从历史中来，最终也在历史中要么定格要么消失。这就是人生。

除了时代的历史，还有自己的家族史，这也是作者所要找寻的。小说中的九莉在少女时代经常向长辈打听祖父一代人在北方的生活经历。张爱玲才华横溢，或许跟她强大的家族基因有一定关系。她的祖父是清末名臣张佩纶，祖母是晚清重臣李鸿章的女儿李菊藕，而到了张爱玲父亲这一代可以说是家道中落。小说的第三章提到一本书，叫作《清夜录》，据说这本书中有以九莉祖父为原型的人物，九莉还专门找来这本书翻看。当看到其中很多影射的人名时，她感到惴惴不安，很难猜出哪一个名字影射的是她祖父。为什么要乐此不疲地寻找从未谋面的祖辈呢？小说用一句九莉的自白作出了回答：

> 她爱他们。他们不干涉她，只静静的躺在她血液里，在她死的时候再死一次。

读到这句话时，我震惊而且伤感。这就是张爱玲特有的深邃。我们每个人都被击中了，原来，血液里无声的基因，就是生命的痕迹，它记录着我们从哪里来，到哪里去！

第二个问题：遇到过多少人，受到过多少创伤，欠下了多少情债？小说中写了很多人物，他们是九莉的同学、朋友、闺蜜、家人，还有情人。有的读者说，看前面两章，首先就被一大堆人名给弄晕了。这种感觉我读的时候也有。但是，读完一遍之后再回头来看，就会发现，只要抓住了其中的主要人物关系，就可以鸟瞰"全局"了。好的小说，不离常理，不离常情。人在一生中遇见的人不计其数，但是归根结底，在心底留下深刻烙印的就那么几个。九莉一生中最重要的关系是和母亲的关系、和情人的关系。这里面有她的情天恨海，有她的幸福和创伤。在前面的讲述中我们已经谈到，张爱玲一直没有原谅母亲，直到母亲临死时也没有去看她最后一眼。其实，作者既然通过小说把这一段故事如实陈述了出来，那是不是也好比作了一和无声的"招供"——她在内心深处又岂能没有愧疚？！反过来说，母亲对她难道就没有爱吗？

在张爱玲的另一部作品《对照记》中描述有这样一个细节：母亲离开家的时候非常悲痛，她随身珍藏着张爱玲和弟弟的两张单人照，母亲还特意为照片着了色。张爱玲后来回忆起幼年看到母亲为她照片涂色时的情形，还在为那安详、亲切的情调所感动。后来，这两张照片作为遗物留给了张爱玲，这就是母爱的见证。可以推想，张爱玲没有满足母亲生前最后见一面的愿望，她的内心肯定也是难以释怀的；只是出于冷傲、孤僻的个性，她不愿意公开表露罢了。

对于她的婚恋对象，我们前面重点说了胡兰成。纵然这个风流浪子三番五次让她伤心，但她对胡的评价始终是厚道的。这其实就是一种放过——宽容别人，也和过去的自己进行和解。胡兰成之后，张爱玲还有两段感情。这在小说中也有描写。第一段感情的男主角是电影导演桑弧，他在小说中名叫燕山。当胡兰成因为汉奸的罪名而亡命天涯后，桑弧的到来给了张爱玲很大的心灵安抚。但是，阴差阳错，这个男人后来与别人结了婚。对此，张爱玲给予了充分的理解，在小说中她也表达了对桑弧的感激。另一段感情的男主角是她旅居美国之后与她结婚的剧作家赖雅。二人婚后不久，赖雅患上重病，张爱玲始终陪护，直至赖雅去世。对于最后一段感情，小说中的描述不多，作者把描述的重点放在了一次堕胎的经历上。对堕胎的过程，小说进行了接近自然主义的写实再现。一个四个月大的胎儿被打掉了，主人公九莉久久盯着抽水马桶中胎儿的形体和它大大的眼眶，最后让它随着漩涡离她而去⋯⋯其中的细节描写，读起来非常虐心。张爱玲为什么要详细描写这次堕胎过程呢？其实她在给她的读者回答一个问题：她原本是有做母亲的机会的，但她最终放弃了。为什么放弃？用主人公九莉的话说，她自己从没有得到母爱，对母亲充满了怨恨，她担心会因此而报复在她自己的孩子身上。这种自我揭露是何等的触目惊心！但张爱玲并没有为自己遮掩，她想要的是完全袒露心怀。或许，通过这种"全裸"式的自我检视，晚年的她想获得一份救赎、一份平静。通过一本谢幕之作，她要和自己和解，和过去和解，或许这就是"小团圆"的含义吧。

　　生活中，我们每个人都需要处理各种关系，包括与亲人、恋人、朋友的关系，总会有这样那样的矛盾，年长日久，就会形成各种心结。这些心结如果得不到解决，随着年龄的增长，必将成为心灵的负担。如何才能化解这些心结呢？我想，检视自我、坦诚以待就是与人和解、与自己和解的第一步，也许这就是《小团圆》带给我们的生活启示。

第七辑

· · · · · ·

读 莫言

也谈莫言《檀香刑》的生命权力叙事 ①
——兼与温泉先生商榷

　　《小说评论》2016 年第 2 期《莫言研究》栏目刊发了温泉先生的文章《论莫言〈檀香刑〉中的生命权力叙事》（以下简称温文）。文章以法国哲学家福柯的生命权力理论来诠释莫言长篇小说《檀香刑》中的叙事问题。应该说，文章在理论的选择上具有一定的创新价值。然而，只要是细读过《檀香刑》并且对福柯理论有一定了解的人，一旦通读温文之后，便不难发现其中有些地方对有关理论的运用有生搬硬套之嫌——常有榫卯错位之处，不少论述显得隔靴搔痒，少数地方甚至还有较为严重的失当。鉴于此，本文将结合小说文本与福柯理论对温文展开商榷，拟在分析温文得失的基础上重新解读《檀香刑》的生命权力叙事，以期将这一问题的探讨引向深入。

一、温文的主要得失

　　在现当代西方哲学家之中，福柯堪称是对刑罚探讨最为详细也最为深入的一位，而《檀香刑》又是以描写酷刑为主要内容的；因此，温泉选择的这一西方理论视角与《檀香刑》实际描写的内

---

① 本文原载于《文艺争鸣》2017 年第 3 期，收入本书时有改动。

容非常贴切。近十来年，用西方文学理论来阐释莫言《檀香刑》的研究也为数不少，最常见的是以巴赫金的狂欢理论来对"酷刑围观"展开的研究。温泉此文应是第一篇以福柯理论来阐释莫言小说的论文，可见，其人对理论的选择还是相当敏感的，其文本身也有一定的创新意义。温文的不足与问题主要表现有三：

其一，理论与文本对接欠当。温文所运用福柯的具体理论与《檀香刑》文本的实际内容存有榫卯错位的现象。文章第一部分"肉体的规训"的重点是运用福柯对人的"规训"理论来对小说进行研究，其在理论的运用上并不适当，有生拉硬拽之嫌。福柯的"规训与惩罚"理论实则分成两大板块，规训主要是指通过规定、纪律、奖惩、限制自由等方式，使人的行为趋同化、标准化，兵营、学校和监狱就是这样的场所。可见，规训虽然有限定肉体自由的成分，但更多具有的是灵魂和精神限定或处罚的意味，这并不等于对肉体本身施以具体的戕害。所以，比较而言，福柯所谈到的酷刑和惩罚理论更适合对《檀香刑》的研究，这一点只有细读过福柯原典才能明白。应当说，这是温文在具体理论适用方面所产生的偏失之一。

对刽子手赵甲的心理分析，是温文在理论适用方面的偏失之二。文章通过刽子手赵甲面对戊戌六君子之一的正直官僚刘光第时感到紧张和有几分羞涩，面对英雄钱雄飞时感到双手灼热、涨麻等心理和生理反应，得出这样的结论："这一切都表明了以赵甲为代表的酷刑执行者，其人性虽已异化，但仍然对生命权力有着潜意识的抵抗心理。"[1] 试问，赵甲的抵抗心理究竟是针对谁的生命权力呢？其文语焉不详，而其结论也显得牵

---

[1] 温泉：《论莫言〈檀香刑〉中的生命权力叙事》，《小说评论》2016年第2期。

强。其实，理论不可生搬硬套，在这里用生命权力理论来分析刽子手的心理未必合适。要分析作为清末首席刽子手赵甲的心理，我认为主要是报复型和补偿型兼有的双重心理。他对儿媳孙眉娘与县令钱丁偷情，嘴上虽不言而心里却暗生忌恨，终于有了机会在亲家孙丙身上实施报复。这是其报复心理的一个主要动机与表现。他出身贫贱，职业身份也低贱，但是从代表皇权处置"犯人"（有些还是"大人物"）、展现刑法技术的过程中可以获得价值感。这就是他的暴力补偿心理。美国心理学家弗洛姆说："与这种补偿型暴力行为有关的是一种彻底、绝对地控制生物、动物和人的动机。这种动机正是虐待狂的本质。"①正是因为此种双重心理驱动，使得赵甲表现出嗜血和虐待狂的人格特征。倘若不谈透这些心理本质问题，对赵甲的所谓心理解析恐难以挠到痒处。

其二，有些论述失于浅薄。温文第二部分"对自然人种的控制"，论述大抵不误，只可惜不太深入。其不足之处有二。一是，没有指出对自然人种的控制是相对于对个体肉刑而言的概念。而这一分野则是福柯在《必须保护社会》中反复强调的："在第一种对肉体的权力形式（以个人化的模式）以后，有了第二种权力形式，不是个人化，而是大众化，如果你们同意，它不是在人—肉体的方向上，而是在人—类别的方向上完成的。"②福柯认为对个体的酷刑属于肉体的解剖政治学，而对群体的人种控制和调节则属于生命政治学。二是，文章谈及小说中德国

———————

① 埃里希·弗洛姆：《人心：善恶天性》，向恩译，世界图书出版公司，2015，第 21 页。

② 福柯：《必须保护社会》，钱翰译，上海人民出版社，2010，第 186 页。

人对中国平民的三次屠杀是生命权力对人口的控制，而没有一针见血地指出其"种族主义"的本质，这可能是没有吃透福柯理论而留下的又一点遗憾。

温文第三部分"文学的反抗"，通过"酷刑的解构性书写""英雄的消亡""民间抵抗的戏谑性"的论述，得出这是对传统权力观的质疑和消解，这种论证效力只能算是差强人意，尤其是将"民间抵抗的戏谑性"也拽入其中，读后有削足适履之感。

其三，对小说文本的缺陷视而不见。其实，温文最大的不足还不在于它在对接福柯理论与莫言小说时的生硬与错位，而在于它未能从生命权力的视角看到《檀香刑》创作上的偏失和问题。只因一味以跪伏的姿态，拿西方理论来"印证""佐证"莫言小说的成绩，故而无法站起来看清其中所潜藏的缺陷。对此，后文将予以详解。

在以上清点温文得失的基础上，我们将就《檀香刑》生命叙事理论继续探讨两个问题，其一有关酷刑的肉体解剖政治学，其二有关小说生命权力主题的悖论。

二、酷刑的意义：肉体的解剖政治学

在福柯看来，酷刑是针对犯罪个体实施的以戕害身体为特征的刑罚，它针对个体，却因为营造恐怖而对群体社会具有惩戒功用。因此，在本质上是肉体的解剖政治学。对于执行酷刑的冷酷刽子手而言，人的肉体不再被视为是有热血和心跳的生命，而只是供其解剖的生物标本。做不到这一点，就不能成为一名"优秀"的刽子手。《檀香刑》中刽子手赵甲的心理素质已然修炼到家了。在对好汉钱雄飞实施凌迟极刑的时候，他"面对着的活生生的人不见了，执刑柱上只剩下一堆按照老天爷的模具堆积起来的血肉筋骨"[①]。

酷刑无疑是对生命权力的损害或剥夺，这其中有两点要义值得关注：一是技术性；二是仪式性。《檀香刑》通过若干酷刑场面的细致描绘以及对刽子手赵甲形象的精心塑造，生动而深刻地呈现了酷刑的技术性和仪式性。

首先，来看酷刑的技术性。与迅速处决相比较，酷刑的终极目的还不在于剥夺所谓罪犯的生命权力，而在于通过对其肉体进行分等级、分时长的精细测算过的残害，通过延续"罪犯"的痛苦并展示这一过程，给罪犯以惩罚；与此同时，给"围观"者以惩戒。刽子手赵甲处于专制极权的体系末端，代表着掌握生杀大权的极权，是酷刑技术的执行者，同时也是酷刑技术的传承人和研发者。《檀香刑》通过赵甲这一人物描写了清末民初六场惨绝人寰的酷刑，不同的刑罚，一场比一场残酷，而且各有各的残忍。但是，冷静地比较，这几场刑罚却又有不容忽视的差别。譬如，对戊戌六君子的砍头杀戮，实际上是一种公开处决的方式；刽子手钱甲为报刘光第的知遇之恩，事先特意将号称"大将军"的砍刀磨得飞快，结果让六君子"享受"了无痛快刀。其场面虽然也比较血腥，但是因为此种刑罚属于速死型一类，与对太监小虫子的"阎王闩"、对钱雄飞的凌迟、对孙丙的檀香刑具有本质的差别。虽然最终都侵害和剥夺了人的生命权力，但是，后面几种是经过精算后的痛苦折磨，肉体

---

① 莫言：《檀香刑》，作家出版社，2012，第 231—232 页。

的戕害和痛苦的示众成了刑罚的主要目标，而不是简单快捷地终止生命权。诚如福柯所言，酷刑是以一整套制造痛苦的量化艺术为基础的。换言之，极刑是一种延长生命痛苦的技术，它把人的生命分割成千百次死亡。

如何对"罪犯"的生命权力进行戕害或终结，尤其是怎样对肉体进行百般折磨、千般蹂躏，这成了一门技术。欧洲中世纪的绞刑、火刑、轮型等都是刑罚技术的产品。《檀香刑》中刽子手赵甲是肉刑痛苦指数的精算师、肉刑物质器具的开发师，更是肉刑执行的现场工程师。

以肉体解剖的方式对人的痛苦实行量化分次、分级，并且精准地控制痛苦的时长，这是刽子手赵甲的施刑技术。对刺杀袁世凯的英雄钱雄飞的凌迟刑罚就是将对生命权力的折磨分次进行的，共分了五百刀切割"罪犯"的肉和器官。对孙丙实施的檀香刑则是用檀香棒从肛门打入，穿过躯干，从后脖颈穿出，且要不伤及内脏，让"罪犯"痛苦几天之后再死；在这期间为了防止"罪犯"早死，还辅助以医生"治疗"和强行灌参汤。如果说凌迟是对传统技术的继承，那么，檀香刑则主要是赵甲在多年行刑经验基础上的"研发产品"。莫言花了大量笔墨描写赵甲制作檀香刑器具和做各种准备工作的过程，可谓不厌其烦，以至于赵甲身上俨然焕发出一种的"风采"。赵甲本人似乎也以对酷刑的高超执行技术和对酷刑的研发能力而倍感自豪，这种价值感又几乎不亚于卓越的"艺术家"。

其次，来看酷刑的仪式性。《檀香刑》描写的肉刑，大多是展示给围观群众看的。无论是在菜市口施刑，还是在练兵小站施刑，抑或是在皇宫里施刑，尽管地点有异、人群不同，却都有一个共同的目的，那就是示众。示众就是为了营造仪式感，将极权对毫无反抗的个体生命权的折磨、戏弄过程展示给众人看。为什么要示众，要制造仪式感呢？因为，这种仪式感同时也是恐怖感，可以起到对他人警醒和惩戒的功用。当然，更为本质的目的就是为了彰显极权的威力。《福柯法兰西学院讲座课程纲要：1971-1973》曾这样论述古典时期刑法体系的第三种惩罚策略："第三种，就是示众、殴打、烙印，造成终身伤害，甚至酷刑，总之就是蹂躏身体，铭刻权力。"① 福柯说到了本质，蹂躏身体最终是为了"铭刻权力"。

　　年轻太监小虫子因为偷了皇帝爷的鸟枪，便在宫廷里当着宫女太监和大臣们的面领受"阎王闩"，铭刻了皇权；戊戌六君子因为变法而集体领受示众砍头，铭刻了慈禧老佛爷的威权；而孙丙所遭受的檀香刑除了铭刻皇权之外，更多的则是铭刻和彰显了列强在中国的殖民权。进一步说，孙丙所遭受的檀香刑是当时中国普通百姓生命权力遭受迫害和折磨的一个缩影；檀香刑是腐朽没落的皇权向外国列强殖民权低头献媚的礼物。小说中，代表皇权的袁世凯与代表殖民霸权的洋人共同议定并携手现场观赏了檀香刑。德国的克罗德总督现场观刑，是为了亲眼见证早先遭到"刁民"抵制的殖民权力，通过残忍的肉刑而得到回归和强化。福柯认为，惩罚仪式是一种"恐怖"活动，是为了杀一儆百，使人铭记在心；用罪犯的肉体来使所有的人意识到君主的无限存在；公开处决并不是重建正义，而是重振权力。② 莫言本人应该对酷刑示众的意义，有过较深刻的思考。

---

① 福柯：《什么是批判》，汪民安编，北京大学出版社，2016，第123页。

② 福柯：《规训与惩罚：监狱的诞生》，刘北成、杨远婴译，三联书店，1999，第54页。

他在小说中的叙述与福柯的论述也是高度契合的。在描述赵甲对钱雄飞割了第二刀之后，莫言借小说人物之口，也直接分析了割肉示众的法律和心理基础："一、显示法律的残酷无情和刽子手执行法律的一丝不苟。二、让观刑的群众受到心灵的震撼，从而收束恶念，不去犯罪，这是历朝历代公开执刑并鼓励人们前来观看的原因。三、满足人们的心理需要。无论多么精彩的戏，也比不上凌迟活人精彩。"① 示众施刑，具有表演的性质，堪称真实版的血腥大戏，具有仪式感，具有惩戒和警示的"教化"意义。

作为小说中的最后一个残暴血腥大刑，檀香刑通过一个反抗者的生命权力被凌辱、肉体被折磨的过程完成了对清末社会现实的隐喻。这样，个体生命权力的叙事，又上升为另一个层次上的具有隐喻意蕴的仪式，折射的是民族的、群体的生命权力的凄惨之状。因此，《檀香刑》中的酷刑也就具有了肉体的解剖政治学的意味。

三、《檀香刑》悖论：生命权力主题的迷失

《檀香刑》以描写酷刑为主要内容，相当程度上属于生命权力叙事范畴。然而，由于作者在描写具体血腥、暴力场面时的不厌其烦、分寸把握失度，导致小说在审美倾向上出现了一些不容回避的问题，进而也导致其生命权力主题的跑偏，甚至迷失。这一点则是温文所没能谈及的。不难看出，温文几乎是以顶礼膜拜的崇拜感来读这部小说的，作者没有站起身来透视

---

① 莫言：《檀香刑》，作家出版社，2012，第233页。

小说文本中潜藏的矛盾和问题，不能不说也是一种遗憾。优秀的作家应该具有悲天悯人的道德情怀，对此，我想谁都不会否认。同样不可否认的是，莫言撰写《檀香刑》的初衷是为了揭露封建专制极权的腐朽和罪恶，为了表现对黎民百姓的苦难人生的同情。然而，在对具体酷刑场景细节的繁复描摹中，作者的审美趣味与文本主题确有走偏、迷失。应该说，在描摹场景方面，莫言的确是个高手。然而，若作冷静的思考，血腥残忍的画面纵然逼真，刽子手的心理描述纵然细腻，这些都只能说明莫言在描摹场景和心理上有较高的技术能力，并不足以说明这些内容本身已然上升为了一种审美价值。《檀香刑》对六场惨绝人寰的酷刑进行了具体描绘，其中对太监小虫子"阎王闩"、义士钱雄风凌迟、义和拳孙丙檀香刑三场刑罚描绘得最为详细。对钱雄飞的凌迟处死，从第一刀一直写到第五百刀，每一刀都由刽子手向监刑官和看客们展示；对孙丙实施檀香刑，把刽子手的准备过程，以及檀木棒从犯人肛门经由体内，最后从后脖颈穿出的过程写得细致入微。在莫言的笔下，这些血腥、反人道的刑罚的具体细节被长篇累牍地描绘，不断挑战读者的阅读心理承受底线，虽然逼真，但是这种繁多细致描绘真有必要吗？除了视觉刻画之外，莫言还善于调动听觉、嗅觉、触觉等多种感官去描摹血腥和残忍的场景。换言之，他善于或说精于通过五官写作来凸显血腥和残忍的场景。其手法高超老道，这点毋庸置疑。问题的要害是，这种过于血腥和暴力的展示，具有审美的价值吗？最值得追问的是，小说原本追寻和呐喊的生命权力主题跑到哪里去了呢？生命权力主题迷失的根本缘由就在于，作者过分沉迷并似乎陶醉于对血腥和暴力的描摹过程。坦率地说，莫言对酷刑血腥场面的叙事已经相当程度上陷入了欣赏和玩味的境地。大量惨不忍睹的酷刑细节，原本点到为止即可，或者顶多描写一两个场景即可，可是作者却没有把握好分寸，一发而不可收，逞能炫才式地展示那些惨不忍睹的画面，这就不能不说是有些走火入魔了。诚如有的批评者所言："在这部小说中痛苦和死亡并没有形成有价值的主题。莫言对暴力的展示从来就缺乏精神向度和内在意义。他对暴力和酷刑等施虐过程的叙写，同样是缺乏克制、搏节和分寸感的，缺乏一种稳定而健康的心理支持。"[1]

福柯在《规训与惩罚》中多次阐述酷刑是对肉体施行惩罚的技术。而在对酷刑把玩式地肆意描述中，莫言陷入了对刑罚的技术审美之中。在描述余姥姥和赵甲给小虫子实施"阎王闩"酷刑的时候，为了延长其痛苦的过程，"我们知道皇上和娘娘们就喜欢听这声，就暗暗地一紧一松——不是杀人，是高手的乐师，在制造动听的音响"[2]。作者似乎也以得意的笔调跟着刽子手一起在把玩着行刑的技术美学。

以冷静的笔调叙说残忍的画面是莫言叙事技术的一个特征，这一点在他早期的作品《红高粱》描述活剥罗汉大爷、割掉耳朵和生殖器的场景中已露出端倪。在《檀香刑》之中这种对酷刑的描述除了冷静抑或是冷漠之外，更添了一些揶揄和恶搞的成分。小说经常将一些血腥的肉刑场面比喻成动物和食物的情形，虽然生动传神，但是缺少了同情和怜悯之心，从而也消解

---

[1] 李建军：《是大象，还是甲虫？——评〈檀香刑〉》，《海南师范大学学报》2002年第1期。

[2] 莫言：《檀香刑》，作家出版社，2012，第56页。

了对生命权力的应有尊重。这样的例子，在小说中很多，暂且举两例：

在准备檀香刑的过程中，宋三被冷枪击中上半身，栽倒在沸腾的香油锅中，小说这样写道："他们七手八脚地把宋三的上半截身体从香油锅里拖出来。他的头香喷喷的，血和油一块儿往下滴沥，活像一个刚炸出来的大个的糖球葫芦。咪呜咪呜。官兵们把他放在地上，他还没死利索，两条腿还一抽一抽的，抽着抽着就成了一只没被杀死的鸡。"①

在叙述檀香刑实施的过程中，有一个细节描写，就是孙丙已经被折磨得气息奄奄了，赵甲命令行刑副手小甲给"犯人"灌参汤。"当汤匙触到孙丙的唇边时，他的嘴巴贪婪地张开，好似一个瞎眼的狗崽子，终于噙住了母狗的奶头。"②

诸如以上的叙述，将人遭受肉体苦难的骇人场面比喻成糖球葫芦、垂死的鸡、瞎眼的狗等形象，纵然能够获得视觉、嗅觉兼备的临场感，但是毕竟缺少了应有的悲悯情怀。英国哲学家休谟在论怜悯时说："怜悯（pity）是对他人苦难的一种关切，恶意（malice）是对他人苦难的一种喜悦，并无任何友谊或敌意引起这种关切和喜悦。"③休谟所讲的怜悯与中国古代孟子所讲的恻隐之心，是同一种人类与生俱来的朴素情感。对于繁复的酷刑描述，我们不敢说莫言有恶意，但是至少可以说他已经在相当程度上淡忘了怜悯，走向了冷漠和玩味之中。

事实上，小说出版后，莫言对于其中过度放纵笔墨描述酷

① 莫言：《檀香刑》，作家出版社，2012，第445页。
② 莫言：《檀香刑》，作家出版社，2012，第478页。
③ 休谟：《人性论》，关文运译，商务印书馆，1981，第406页。

刑细节，内心也感到不踏实。在接受记者采访时，他说："关于酷刑的描写，看起来有些过分，也许应该收敛些。但如果不这样写，就难以让刽子手赵甲这个人物立起来，而如果赵甲这个人物立不起来，这本书也就不成立。所以这也是没有办法的事。其实我在写到关于酷刑的章节时，心中也是浮起阵阵的凉意。"①其实，赵甲这个冷酷无情的刽子手形象，完全可以通过大量的内心独白和心理描写立起来，过多的肉刑场面的直接细节描写只是对其残忍性格的简单地同质堆叠，并不能增加人物性格的深度、广度和复杂性。在描写酷刑时，冗长和过度血腥的描述甚至让作者自己"心中也是浮起阵阵的凉意"。2003 年，莫言在日本京都大学的一次演讲中，也说"劝优雅的女士不要读这本书"。②这些自述或自辩，都证明了作者内心对过度的酷刑描写也感到不踏实。

正是因为在繁复的血腥、暴力描述中，作者过度放纵笔墨，有意无意地沉醉于酷刑的技术审美之中；再加之，对残忍画面的描摹过于冷漠，缺少悲悯之情，最终导致莫言从对生命权力的关切、呼吁走向了漠视。以玩味的心态叙述残忍酷刑，最终导致莫言生命权力叙事有悖初衷，出现了审美主题的跑偏，甚至迷失。借用一句流行语，正可谓，过分贪恋沿途的风景，结果忘记了当初为什么出发。

运用西方理论阐释中国文学须持谨慎的态度，否则，恐怕会出现削足适履的现象。福柯一生涉足的学术领域甚为广阔，

① 高慧斌：《莫言大话"檀香刑"——访〈檀香刑〉作者莫言》，《辽宁日报》2001 年 8 月 9 日 C03 版。

② 吉田富夫编著《莫言神髓》，曹人怡等译，上海文艺出版社，2015。

其学术体系也甚为庞杂，加之翻译的问题，对其理论进行全面精准地把握自然绝非易事。虽然难以与其理论的本义完全重合，但我们可以通过细读尽可能地接近它。还有，我们可以把对小说文本的细读做得扎实一点，下点笨功夫；唯有如此，才可能与西方的理论实现相对有效的对接。当然，本文虽是在与温文商榷的基础上展开的，但也难免会有"身在此山中"的局限与盲点，诚挚欢迎诸位方家批评和争鸣。